Carol Midgley

Ziemlich verrückt und unglaublich verliebt

Carol Midgley, mehrfach prämierte Journalistin, arbeitet seit 1996 für die Zeitung *The Times*. »Ziemlich verrückt und unglaublich verliebt« ist ihr erster Roman. Sie lebt mit ihrer Familie und ihrem Hund Steve in Liverpool.

Carol Midgley

Ziemlich verrückt und unglaublich verliebt

Aus dem Englischen von Alexandra Rak

Ravensburger Buchverlag

Als Ravensburger Taschenbuch
Band 58475
erschienen 2015

MIX
Aus verantwortungsvollen Quellen
FSC® C114500
FSC
www.fsc.org

1 2 3 4 D C B A

Deutsche Erstausgabe

Die Originalausgabe erschien 2012 unter dem Titel
»My Family and Other Freaks« bei Quercus Editions Ltd

Originally entitled: MY FAMILY AND OTHER FREAKS
Published by arrangement with Quercus Editions Ltd (UK)

Redaktion: Linda Borchert
Umschlaggestaltung: Carolin Liepins, München
unter Verwendung einer Grafik von © liskus/Shutterstock

Printed in Germany

ISBN 978-3-473-58475-8

www.ravensburger.de

Für die bezaubernde Lucy,
die mich jeden Tag zum Lächeln bringt.

!!! Mai

Samstag

19 Uhr

Ich schreibe dieses Tagebuch unter meinem neuen Ikea Bettbezug. Ich schwitze wie ein Schwein auf der Sonnenbank. Ein mausgraues Schwein mit Mitessern, wenn ihr es genau wissen wollt. Ich könnte den Erstickungstod sterben, aber das wäre vielleicht nicht mal das Schlechteste. Mein Leben ist so was von V.O.R.B.E.I. Ich kann keinen Fuß mehr in die Schule setzen. Ich würde mich sonst zu Tode schämen. Also egal wie man es dreht und wendet, ich bin erledigt.

Ich werde mein Zimmer nie mehr verlassen, selbst wenn *England sucht das Supertalent* läuft.

19.10 Uhr

Hmmm. *England sucht das Supertalent* hört sich ziemlich gut an. Dad ist unten und zieht meine kleine Schwester Phoebe auf. Er schnappt sich das Telefon und tut so, als wolle er sich bei der Show anmelden. »Ich werde die Nationalhymne pupsen«, sagt er ganz ernst ins Telefon, so als würde er mit dem Sendeleiter reden.

Phoebe, die gerade erst drei geworden ist und so ziemlich alles glaubt, was man ihr erzählt, versucht, ihm das Telefon wegzunehmen.

»Nein, Daddy, biiiiitte, bitte nicht im Fernsehen furzen«, heult sie.

Was ziemlich lustig ist, aber ich darf mich nicht in Versuchung führen lassen. Ich hasse meine Eltern. *Hasse* sie. Wenn sie nicht schon wieder auf dem Sofa rumgemacht hätten (knutschen in ihrem Alter – genau vor meinen Augen! Das ist praktisch Kindesmisshandlung!), wäre ich niemals mit unserem Hund rausgegangen, damit ich nicht reihern muss, und ich hätte auch nie IHN, Damian Griffiths aus unserer Stufe, den traumhaften, zum Anbeißen göttlichen Damian, wie Megan ihn immer nennt, getroffen (sie meint, sie wäre gut in Deutsch, dabei schaut sie einfach in Rogers Tesau-oder-wie-auch-immer-das-heißt nach), und hätte auch nicht die größte Demütigung meiner zwölf armseligen Lebensjahre erlebt.

Warum sind Mum und Dad nur so? Warum können sie nicht wie normale Eltern sein und sich scheiden lassen? Meine Freunde wissen gar nicht, was für ein Glück sie mit ihren Eltern haben, die sich gegenseitig hassen, so wie sich das gehört. Dümmlich verliebte Eltern sind das Allerschlimmste. Mein Dad – und das ist jetzt wirklich superekelig – kneift meiner Mum manchmal in den Hintern, wird dann ganz rot und sagt: »Baby, du hast noch immer den Körper einer 18jährigen.«

Hallo? Ist der Mann blind? Wie viele 18-Jährige haben schlabbrige Oberarme und eine Kaiserschnittnarbe? Emily Morgans große Schwester ist 18 und sie hat eine Figur wie Beyoncé. Mick Tayforth (der ein bisschen pervers ist) sagt, dass sie »rundum lecker« ist und man »mit ihrem Hintern Nüsse knacken könnte«. Ich glaube, das ist ein Kompliment. Wohingegen meine Mutter gottverdammte vierundvierzig Jahre alt ist und einen Hintern wie ein Pudding hat.

Mein Dad ist also nicht nur ein schlechter Vater sondern auch noch ein Lügner.

Mein Bruder Rick, der 15 ist, sich die Haare wachsen lässt und mich meistens ignoriert, weil ich ein »Loser« bin (und das sagt jemand, dessen widerliches Zimmer immer nach nassen Fußballersocken riecht – nicht, dass ich schon mal zu einem echten Fußballer gegangen wäre und an seinen Socken gerochen hätte) – also, er sagt, dass die beiden gnadenlos egoistisch sind, und wenn wir irgendeine Chance auf einen Studienplatz haben wollen, müssen sie sich trennen oder wenigstens arbeitslos werden, weil die Unis nur noch Kinder aus unterprivilegierten Verhältnissen nehmen.

Fiona Wildes Dad hat ihre Mum für eine Kellnerin verlassen und ist mit ihr nach Lanzarote gezogen, und jetzt ist Fionas Klassenlehrerin, Mrs Ryan, total nett zu ihr und sagt Sachen wie: »Nicht so schlimm, wenn du deine Hausaufgaben nicht machen konntest, Fiona. Ich weiß, dass bei dir im Moment gerade alles ziemlich chaotisch ist.« Chaotisch? Die sollte mal zu uns nach Hause kommen! Rick behauptet, Fiona kann jetzt auf jede Uni gehen, ohne dafür zu lernen, weil sie nun offiziell aus einer »zerrütteten Familie« kommt. Zerrüttet? Die Universitätsleute sind doch angeblich so schlau, aber die Bedeutung dieses Wortes kennen sie eindeutig nicht. Ich bin zu aufgebracht, um jetzt noch weiterzuschreiben. Wenn das Tagebuch plötzlich aufhört, heißt das, dass ich an ~~Asfixy~~ ~~Asphixio~~ zu wenig Luft gestorben bin.

19.13 Uhr

Falls eines Tages irgendjemand meine Leiche findet und wissen will, warum ich hier liege, kommt jetzt mein offizielles Testament.

Folgendes ist passiert: Ich bin mit Simon in den Park gegangen (das ist unser Hund), aber zuerst musste ich die Hundetüten aus dem Schrank unter der Spüle holen. Außer dass natürlich mal wieder keine da waren, weil meine Mum ja zu beschäftigt mit Flirten ist, um überhaupt ans Einkaufen zu denken. Also habe ich stattdessen eine Einkaufstüte von LIDL genommen. Beim Spaziergang hat sich Simon sehr gut benommen – für seine Verhältnisse zumindest. Er hat nur einem einzigen Kleinkind den Ball plattgebissen, und, na ja, auch einmal an einem Picknickkorb sein Bein gehoben, aber ich glaube, die haben das gar nicht gemerkt. Jedenfalls hat er sein Häufchen gemacht – ich muss dann immer lachen, weil er jedes Mal in so einem Kreis herumtänzelt, bevor er sein »Geschäft« macht. Ich habe anschließend selbstverständlich alles aufgesammelt, weil ich eine verantwortungsvolle Mitbürgerin bin. Es war WIDERLICH und ganz flüssig, weil meine kleine Schwester Simon heute Morgen heimlich ihren Brei gegeben hat. Dann habe ich die Tüte oben zugeknotet und nach einem Abfalleimer Ausschau gehalten, und da habe ich *ihn* gesehen. Damian. Den Jungen, mit dem ich mich während des letzten halben Jahres in Bio, Mathe und Englisch am meisten beschäftigt (soll heißen: ihn angestarrt) habe. Er ist *der Richtige.*

Als ich ihn im Park gesehen habe, hat er sich gerade mit Sean O'Connor hingesetzt und ziemlich lässig auf einem Grashalm rumgekaut. Sean O'Connor ist für meinen Geschmack ein bisschen zu seltsam und schüchtern, aber er kann wohl Gitarre spielen, was ihn wieder ganz annehmbar macht, obwohl er einen Streberhaarschnitt hat.

Und dann kam alles wie folgt:

»Hi«, sage ich ganz locker und niveauvoll – na ja, so niveauvoll, wie man eben sein kann, wenn man ein halbes Kilo Hundedurchfall neben sich baumeln hat.

Ich rufe Simon bei Fuß, weil ich wie eine Frau aussehen will, die alles im Griff hat.

»Cooler Hund«, sagt Damian.

»Danke«, sage ich und versuche, meine Jacke nach hinten zu ziehen, damit die beiden Jungs das T-Shirt sehen können, das Amber mir gekauft hat. Die zwei sollen wissen, dass ich mich für eine vom Aussterben bedrohte Tierart einsetze. »Wir haben ihn aus dem Tierheim. Er war vor einem Supermarkt angebunden. Der Mann, der die Einkaufswagen zurückschiebt, hat neun Stunden gebraucht, bis er kapiert hat, dass der Hund ausgesetzt wurde. Simon war so abgemagert, dass sie nicht mal sagen konnten, welche Rasse er ist.«

»Was für eine Rasse ist er denn?«, fragen beide gleichzeitig.

»Ein Labrador-Schäferhund-Spaniel-Beagle-Mischling«, sage ich stolz – es gibt nicht viele von seiner Sorte.

»Für solche Leute sollte man wieder Erschießungskommandos einführen«, sagt Sean, was, ehrlich gesagt, der längste Satz ist, den ich jemals von ihm gehört habe. Dann sagt er, dass er sich einen Collie aus dem Tierheim holen will, sobald sein Dad die verrosteten Fahrräder aus dem Hinterhof geräumt hat.

Kurz gesagt: Alles lief GROSSARTIG – ich aalte mich in ihrer Aufmerksamkeit als Hunde rettende Heldin, sie streichelten Simon, der ganz lieb mit seinem Hintern wackelte und nur ein kleines bisschen ihre Beine anpimpern wollte, aber dann sprang Damian plötzlich schreiend zurück.

»Igitt! Weg damit. HAU AB!!«

Zuerst dachte ich, er meinte Simon. *Entscheid dich mal Freundchen,* sagte ich mir, *vor fünf Sekunden warst du noch ganz aus dem Häuschen.* Aber dann erkannte ich, worauf er zeigte: die Einkaufstüte direkt aus der Hölle. Unten war gelbe Hundekacke rausgespritzt und hatte Damians nagelneue Jeans komplett versaut. Herr im Himmel, ich hatte vergessen, dass die Supermärkte heutzutage Löcher in ihre Tüten machen, damit nicht irgendwelche dummen Kleinkinder darin ersticken können.

Danke, liebe Mutter. Nicht genug, dass ich vor dem coolsten Jungen der Schule, meinem zukünftigen Ehemann, gedemütigt bin, es ist dir anscheinend auch egal, wenn ich an Toxoplas-oder-wie-auch-immer-das-heißt sterbe. Ich könnte blind werden oder, noch schlimmer, eine Gleitsichtbrille brauchen. Vergesst Fiona Wilde mit ihrem familienflüchtigen Vater – ich bin diejenige, die einen Kindertherapeuten braucht.

20 Uhr

Ich zeige meine Eltern so was von an – wegen Kinderquälerei. War gerade unten und wollte mir ein Mini-Milk-Eis aus dem Gefrierschrank holen, und da habe ich ihnen dummerweise erzählt, was passiert ist, und dass ich am liebsten sterben würde oder wenigstens die Schule wechseln. Zuerst waren sie ganz seltsam und ruhig. Dann ist mir aufgefallen, dass Dads Schultern gebebt haben und Mum sich ihr Frauenmagazin vors Gesicht gehalten hat. Sie haben GELACHT.

»Wie schön, dass ihr es lustig findet, wenn eure Tochter sozial geschnitten wird und in eine Kindheitsdepression verfällt«, kreische ich.

»Wer hat dich geschnitten?«, sagt Phoebe. »Brauchst du ein Pflaster?«

Warum liegt dieses Kind noch nicht im Bett?

»Ich wünschte, jemand hätte das gefilmt«, ist alles, was Dad herausbringt.

Es ist das erste Mal, dass er in meiner Gegenwart überhaupt etwas Positives über Simon sagt. Normalerweise macht er nur irgendwelche blöden Witze über das eine Mal, als er in Südkorea war und Hund gegessen hat (nicht vergessen: niemals dort Urlaub machen). Er findet es lustig, wenn er Simon »Boshintang« ins Ohr ruft. Boshintang ist eine Suppe mit Hundefleisch, aber die ganze Sache zeigt mal wieder, dass mein Dad wirklich nicht besonders helle ist: Simon versteht ja überhaupt kein koreanisch. Dad findet, dass wir in diesem Land Tieren gegenüber zu sentimental sind und dass in der Evolution etwas falsch gelaufen ist, wenn Menschen hinter Hunden herlaufen und dabei deren Sch✳✳ in Tüten herumtragen (zugegeben: ein ganz heikles Thema). Aber sobald Dad mit Simon allein in der Küche ist, redet er in Babysprache mit ihm. So in die Richtung: »Willst du ein Leckerli, mein Kleiner?«

Mein Dad ist also nicht nur ein Lügner und ein schlechter Vater, sondern zu allem Überfluss auch noch ein Heuchler.

22 Uhr

Schicke Amber eine SOS-Nachricht. »Ziehe definitiv mit 16 aus«, schreibe ich. »Krise deluxe. BTW, darf ich Franze bei dir abschreiben? Kuss.«

Bei meinen Problemen habe ich ja wohl kaum Zeit, mir Gedanken über irgendeinen blöden Aufsatz mit dem Titel »Les Vacances« *(très original, professeurs)* zu machen.

Amber ist meine beste Freundin. Ich kenne sie schon, seit wir zwei sind. Wir haben früher in derselben Straße gewohnt und haben, wie unsere Mütter gar nicht oft genug betonen können, gleichzeitig gelernt, aufs Klo zu gehen. Manche Leute verstehen Amber nicht, was daran liegt, dass sie ein bisschen ruhig und ernst und von der Umwelt besessen ist. Manchmal – und ich sage das wirklich nur, weil ich sie gern habe – sieht sie ein bisschen picklig aus. Sie nimmt kein Make-up zum Abdecken und verwendet nur 100% schadstofffreie Seife, die aus Gras oder Elefantenkacke oder sonst was gemacht ist. Aber sie ist sehr witzig und loyal, und wenn ich eine Krise habe, ist sie immer für mich da.

Außer jetzt. Warum hat sie noch nicht auf meine Nachricht geantwortet? Die blöde Kuh hat vielleicht einfach ihr Handy nicht aufgeladen. Warum können die Leute nicht besser organisiert sein? Was, wenn ihre beste Freundin sie braucht? Bin ich denn nur von Egoisten umzingelt? Das sind die Fragen meines sogenannten Lebens.

Montag

5.30 Uhr

Hatte einen schrecklichen Traum, in dem mich Damians Mutter mit der kackebeschmierten Hose die Straße entlangjagt. Ich versuche wegzurennen, aber meine Beine sind wie aus Blei.

Dann bin ich aufgewacht, weil Simon quer über meinen Schienbeinen gelegen und geschnarcht hat. Ich schiebe ihn weg, aber er rutscht auf dem Bauch das Bett hoch, weil er mein Gesicht ablecken will. Er weiß, dass ich in einer schrecklichen Krise stecke, und will mich trösten. Wir können gegenseitig unsere Gedanken lesen. Ich sinke mit einer 25 Kilo schweren Promenadenmischung, die in mein Ohr schnarcht und eine Pfote auf meiner Schulter liegen hat, zurück in den Schlaf. Gepriesen sei sein kleines Rettungshundeherz – das ist seine Art, sich bei mir dafür zu bedanken, dass ich ihn aus dem Todestrakt geholt habe.

7.30 Uhr

Meine fiese Mutter sagt, dass ich nicht die Schule schwänzen darf, weil sie sonst ins Gefängnis muss wie die Frau in der Zeitung, deren Tochter 94 Fehltage hatte.

»Mutter, du gehörst so oder so ins Gefängnis, und zwar wegen Vernachlässigung«, sage ich.

»Was ist Verlässikunk?«, will Phoebe wissen.

»Wenn deine Eltern sich nicht ordentlich um dich kümmern«, erkläre ich ihr.

»Ooooh, ich habe auch eine Verlässikunk«, sagt sie. »Es sind keine *Coco Pops* mehr da.«

»Genau«, sage ich.

Ich gehe nach oben, um Deirdre, meinen Degu, zu füttern. Ihr stinkiger Käfig steht inzwischen bei mir im Regal, weil Simon immer seine Nase durch die Gitterstäbe geschoben hat und sie beinahe an einem Herzinfarkt gestorben wäre. Viele denken, sie wäre eine übergewichtige Wüstenrennmaus, aber das sind Ignoranten. Genau genommen gehört sie zur Gruppe der Chinchillas und ist ein sehr exotisches Nagetier, obwohl Degus in ihrem Heimatland Chile etwas abfällig als *Strauchratten* bezeichnet werden. Deirdre ist jedenfalls die Einzige im Haus, die nicht versucht, mein Leben zu ruinieren.

7.45 Uhr

Richtigstellung. Deirdre versucht doch, mein Leben zu ruinieren. Sie hat mich in den Finger gebissen, die kleine Stinkratte, und das, obwohl ich nur ein gammeliges Stück Apfel aus ihrem Käfig rausholen wollte, damit sie davon nicht krank wird. Diese dumme, undankbare, miefende, fette Wüstenrennmaus. Vielleicht stecke ich sie später in ihre Laufkugel und lasse den Hund die Kugel mit der Nase durchs Zimmer schieben. Das sollte ihr eine Lehre sein. Das Ganze mag grausam klingen, aber mal ehrlich: Es ist auch totlustig. Das letzte Mal hat Phoebe in die Hände geklatscht und »Deirdre Discokugel! Nochmal. Nochmal!« gerufen.

Kann der Tierschutzbund mit Kameras fremde Wohnungen ausspähen?

8 Uhr

Mein Finger trieft vor Blut und wir haben heute Kunst. Ich brauche ein Pflaster, aber, *quelle surprise,* sie sind uns ausgegangen. Meine Mum ist eine äußerst liederliche Person (wir haben den Ausdruck in der Schule gelernt, er bedeutet »eine schlampige Frau«), also musste ich Klopapier drumwickeln, und das Ganze sieht jetzt so zerfleddert aus wie eine Wunde aus dem Ersten Weltkrieg. Meiner Mum scheint das egal zu sein. Sie hört diesen Oma-Sender im Radio und lacht über irgendein Kind, das angerufen hat und erzählt, dass sein Spaniel seine Hausaufgaben gefressen hat und jetzt einen Aufsatz über »Romeo und Julia« auskackt. Ich will ja nicht unhöflich sein, aber wenn ich live bei einem öffentlich-rechtlichen Radiosender wäre, würde ich etwas ein klein wenig Unterhaltsameres sagen als DAS.

8.25 Uhr

Amber wartet an der Bushaltestelle.

»Hast du meine Nachricht nicht bekommen?«, frage ich beleidigt.

»Doch, hast du *meine* nicht bekommen?«, antwortet sie.

Ich schaue auf mein Handy. Ich habe es nicht aufgeladen und der Akku ist leer. Tja. Ich erzähle Amber bis ins kleinste Detail den Kacke-Vorfall. Sie prustet vor Lachen.

»Sei still«, sage ich ein bisschen weinerlich.

Also legt sie mir den Arm um die Schulter, was bedeutet, dass es ihr leidtut.

»Das ist der Junge, nach dem ich mich verzehre«, sage ich. »Was, wenn er nie mehr mit mir redet? Das wäre, als hätte mir jemand die Sonne ausgeknipst. Als gäbe es nur noch Schwarz und Weiß, nichts mehr in Farbe.«

»Himmelherrgott noch mal«, sagt Amber, »jetzt ist aber auch mal wieder gut.« Sie kann ganz schön bissig sein. »Wenn er deswegen nie mehr mit dir spricht, war er es überhaupt nicht wert. Ganz abgesehen davon denken er und seine Freunde doch ständig nur ans Coolsein, er hat es sicher überhaupt niemandem erzählt.«

Okay, das könnte stimmen. Wenn Amber erwachsen ist, will sie der Erde helfen, und wie alle Weltverbesserer sieht sie deswegen auf naivste Art und Weise in allem und jedem etwas Gutes, aber bitte lass sie diesmal Recht haben. Amber versteht nicht wirklich, was ich an dem umwerfenden Damian finde, aber sie ist ja auch ein Mädchen, das sich vor allem für Algen interessiert, also ist sie wohl kaum normal, oder?

8.30 Uhr

Mein allerliebster Bruder Rick kommt mit zwei seiner wir-sind-zu-cool-für-die-Schule Kumpel zur Bushaltestelle und ignoriert mich vollkommen. Warum lassen die sich alle die Haare wachsen? Und warum sagen sie alle »Bruder« zueinander? Glauben die, sie leben in der Bronx?

»Hallo, großer Bruder«, sage ich, nur um ihn zu ärgern.

»Verzieh dich«, sagt er und schaut mich vernichtend an. Er glaubt, dass der Hundekackevorfall nur ein weiterer Beleg für meine Lebensunfähigkeit ist, und will deshalb ab jetzt so tun, als hätte es mich nie gegeben.

»Das ist einer der Gründe, warum ich froh bin, keine Geschwister zu haben«, sagt Amber und gibt mir die Französischhausaufgaben.

Amber liegt ja so was von richtig.

9.05 Uhr

Amber liegt wie immer so was von falsch. Auf dem Whiteboard in unserer Klasse prangen in riesengroßen Buchstaben die Worte »Dench stinkt«, und irgendjemand hat sich sogar die Mühe gemacht, das Ganze mit welligen Müffel-Linien zu verzieren. Alle wissen Bescheid. Alle lachen. Sogar Fiona Wilde kichert, obwohl sie mit ihrer Trauerfresse sonst kaum ein Lächeln zustande bringt. Das ist seelische Grausamkeit. Warum wird *mir* keine psychologische Beratung angeboten? Zum Glück ist wenigstens Damian nicht in meiner Klasse, sonst würde ich aus dem Fenster springen. Amber hilft mir, die Tafel abzuwischen, aber ich sehe trotzdem, wie sie grinst.

»Du hast da einen Eiterpickel auf der Backe«, sage ich, damit ich mich wieder besser fühle. Und weg rennt sie zu den Toiletten und hält ihre Wange. Tja, wenn dir deine beste Freundin nicht Bescheid sagt, wer dann?

10.30 Uhr

Ich hasse Biologie. Hasse, hasse, hasse es. Wen interessiert schon, wie sich Pflanzen vermehren? Oder dass Würmer die Erde reinigen? Ich werde ja wohl verdammt noch mal kaum jemals Erde essen, oder? Amber sagt, das sei der Schlüssel zum Leben. Wenn ihr mich fragt, eher der Schlüssel, um an Langeweile zu sterben. Hoffentlich ist Miss Judd, unsere Lehrerin, wieder krank. Sie ist dauernd krank oder zu spät. Megan glaubt, dass sie eine Affäre mit Mr McKay, einem unserer Sportlehrer, hat. Würg! Ihm wachsen Haare aus der Nase und er riecht ständig nach Kaffee. Kein Wunder, dass Miss Judd andauernd krank ist.

Damian ist auch in meiner Biologieklasse – aber er ignoriert mich. Er läuft hektisch an mir vorbei, als würde er meinen, ich hätte noch eine andere vollgeladene Kacktüte in meiner Schultasche versteckt, die ich jeden Moment über ihm ausgießen könnte. Mit seinen dunklen Haaren, die sich über seinen weißen Kragen locken, sieht er aber auch zu gut aus. Wenn ich ihn anschaue, habe ich Schmetterlinge im Bauch. Na ja, eher große, flatternde Motten.

Vielleicht sollte ich einfach rübergehen und einen Witz über alles reißen. Ich werd's tun, ich werd's tun. Wir sind ja schließlich alle erwachsen, oder?

10.32 Uhr

Oh. Mein. Gott. Bitte nicht. Treasure *Schaut-mich-an, Jungs* Cavendish geht zu ihm. Wer heißt bitte schön schon *Treasure?* Als sie geboren wurde, haben ihre Eltern den Namen ausgesucht, weil sie ihr *little treasure,* ihr *kleiner Schatz* war. Aber da diese Tatsache einen ja wohl jeden Tag seines Lebens zum Kotzen bringt, würde jeder normale Mensch den Namen doch durch eine einseitige Rechtserklärung ändern lassen, sobald er einen Stift in der Hand halten kann, oder? Nicht so *unsere* Treasure. Sie MAG ihren Namen sogar – und damit weiß man auch schon alles über Treasure Cavendish. Sie weiß, dass ich auf Damian stehe, weil Emily Morgan es ihr erzählt hat. Alte Petze. Ich muss dran denken, dass ich Andrew Slater, in den *sie* ziemlich verknallt ist, aus Versehen erzähle, dass sie immer noch zu ihrer Mum und ihrem Dad ins Bett geht.

Treasure hat schon wieder Wimperntusche benutzt, was eigentlich gegen die Schulregeln verstößt. Ihre Wimpern sehen aus wie Vogelspinnenbeine, alle schön nach oben gebogen (muss Mum überzeugen, dass sie mir die Marke auch kauft). Ihre Haut ist noch orangefarbener als sonst. Kleines Fräulein Eitel. Hahaha. Ihre Mutter hat sie bestimmt wieder für eine neue St Tropez Bräunungsspraysitzung in den Kosmetiksalon mitgenommen (muss Mum überreden, dass wir auch mal dahin gehen). Sie sieht *umwerfend* aus. Zwecklos, das zu leugnen. Sogar Amber gibt zu, dass Treasure hübsch ist, auch wenn sie sagt: »Wirkliche Schönheit kommt nicht von deinem Aussehen, sondern von der Reinheit deiner Gedanken und Taten.« Mal ehrlich, ich mache mir langsam ernsthafte Sorgen um das Mädchen.

Treasure lehnt sich nach vorn, damit ihr langes Haar (gebleicht, wenn ich das hinzufügen darf) auf Damians Tisch hinabfällt wie in einer verdammten Shampoo-Werbung, und dann zeigt sie ihm etwas auf ihrem Handy. Er lächelt. Er sieht unglaublich aus, wenn er lächelt. Jetzt dreht sich mein Magen wieder wie eine Waschmaschine. Moment mal. Hallo? Wir dürfen unsere Handys in der Schule gar nicht eingeschaltet haben. Wenn Miss Judd kommt, werde ich das melden. Warum beeilt sich die Frau nicht mal?

Treasure hat wohl gemerkt, dass ich ihr finstere Blicke zuwerfe. Als sie zu ihrem Tisch zurückläuft, flüstert sie in Bühnenlautstärke: »Ich hoffe, du hast dir die Hände gewaschen, Dench. Oder habt ihr es auf dem Planeten Flodder mit Seife nicht so?«

Kurze Sendepause, während ich meine Wut unter Kontrolle bringe. Treasure nennt meine Familie immer die *Flodders* und kommt sich dabei oberschlau vor. Ihre Mutter (Megasnob) nennt ungepflegte Leute immer so. Anscheinend hat sie das von irgendeiner Serie, die man vor 100 Jahren angeschaut hat. Und das alles nur, weil in unserem Garten das Unkraut wuchert und die Motorhaube unseres Autos eine andere Farbe hat als der Rest des Wagens.

Ein paar Leute, die in der Nähe sitzen, haben mitbekommen, was Treasure gesagt hat, und fangen zu lachen an. Am liebsten würde ich weinen, aber ich werde zurückfeuern. »Ich glaube fast, du hast Seife dringender nötig als ich, Treasure. Um deine Pseudobräune abzuwaschen, weißt du. Was für eine Schattierung hast du denn heute – Tango oder Orangina?«

Hurra – jetzt lachen alle mit mir und nicht mehr über mich. Oh, abgesehen von Damian, der ein Gesicht zieht. Warum findet ausgerechnet *er* das nicht lustig? Er mag

Treasure. Das ist *so* offensichtlich. Ich sehe, wie der komische Sean O'Connor seine Hand vors Gesicht hält, damit Damian nicht mitbekommt, wie er über meinen messerscharfen Kommentar kichert. Warum bemerkt Damian bloß nicht, wie unterhaltsam/interessant/von-meiner-Nase-abgesehen-ziemlich-gut-aussehend ich bin?

10.33 Uhr

Großartig. Miss Judd stand hinter mir und hat gehört, was ich gesagt habe. Ich muss nach der Stunde dableiben. Treasure lächelt triumphierend. Ich kann mich beinahe in ihren gebleichten Zähnen spiegeln.

»Gibt es zwischen dir und Treasure irgendein Problem?«, fragt Miss Judd am Ende der Stunde.

»Nein, Miss«, lüge ich.

»Weil ich Mobbing in meinem Klassenzimmer nämlich nicht toleriere«, sagt sie. Sie hat Kugelschreiberflecken auf ihrem Pulli. Ziemlich nachlässig. Aus Erfahrung weiß ich, dass Kugelschreiber nicht mehr rausgeht.

»Mobbing?«, wiederhole ich. »Da muss ich aber lachen. Selbst Lord Voldemort hätte alle Hände voll zu tun, wenn er Treasure mobben wollte.«

»Jetzt werd mal bloß nicht frech«, sagt Miss Judd. »Donnerstag wird nachgesessen.«

Mist. Ich habe Phoebe versprochen, dass ich am Donnerstag um 16.30 Uhr irgend so einen kleinen Auftritt von ihr im Ballettunterricht anschauen würde. Jetzt wird sie mich *auch* hassen. Alle sind gegen mich. Alles unverändert also.

17 Uhr

Rick ist in der Küche und bringt Simon Pfötchen geben und Herumrollen bei. Als er mich sieht, schlägt er mit dem Schwanz auf den Boden (Simon, nicht Rick) und wackelt mit dem Hintern.

»Na, hast du deinen Traumprinzen wiedergetroffen?«, fragt mein Lieblingsbruder sarkastisch. Wenigstens begrüßt er mich nicht mit einem Satz, der mit »geh weg« anfängt.

»Falls du Damian meinst, der nimmt es locker – eigentlich sogar total cool«, lüge ich. »Aber was kümmert *dich* das überhaupt?«

Wie sich herausstellt, kennt Rick Damians Bruder Liam, der in der 11. Klasse ist. Rick sagt, dass Liam gesagt hat, dass Damians Mum die Jeans gewaschen und das Ganze zum Glück zum Brüllen komisch gefunden hat. Er hat auch gesagt, dass Damian ihn schwer nervt, weil er ständig sein Designer-Haarwachs klaut. Ich informiere Rick darüber, dass mein Damian KEIN Designer-Haarwachs verwendet, obwohl ich, ehrlich gesagt, einmal einen dicken Batzen an seinem Hinterkopf gesehen habe und ihn den ganzen Tag lang am liebsten abgewischt hätte.

»Na, jedenfalls«, sage ich, weil ich das Thema wechseln will, »ist Simon MEIN Hund. Also sollte auch ICH es sein, die ihm irgendwelche Kunststücke beibringt.«

»Wunderbar«, sagt mein fieser Dad, der gerade von der Arbeit nach Hause kommt. »Kann ihm einer von euch beibringen, dass er rausgeht und ein bisschen bei den Eisenbahnschienen spielt?«

Ich sage meiner fiesen Mum, dass ich a) offenbar zur Witzfigur geworden bin und b) nachsitzen muss, und das nur, weil sie mich zum Schulbesuch gezwungen hat.

Sie hört nicht mal richtig zu und starrt einfach aus dem Fenster. »Na, das ist ja kein Weltuntergang, Liebes. Wart ab, bis du es erst mal mit echten Problemen zu tun hast.«

Oh, bitte. Als hätten Erwachsene jemals echte Probleme. Sie haben ja nicht mal Hausaufgaben oder Prüfungen oder müssen jeden Tag dem Jungen ihrer Träume gegenüberstehen, der denkt, sie wären das Kackebeutel-Mädchen. Das Einzige, was Erwachsene interessiert, ist, dass die Heizung abgedreht ist und dass man seinen Brokkoli isst. Was würde ich darum geben, wenn ich mir nur *da*rüber Gedanken machen müsste. Jedenfalls ist Mum ja nicht diejenige, die bei Mr Biggins, oder, um ihn bei seinem vollständigen Namen zu nennen, die bei Biggins-Mundgeruch-der-zum-sofortigen-Tode-führt nachsitzen muss.

Donnerstag
12.30 Uhr

Stoße im Speisesaal mit Damian zusammen und lasse meine Banane auf seinen Fuß fallen. Er hebt sie auf und gibt sie mir zurück.

»Danke!«, sage ich.

»Keine Ursache«, sagt er.

»Tut mir echt leid wegen neulich«, sage ich, ein bisschen zittrig.

»Vergiss es einfach«, sagt er etwas gereizt und geht mit Andrew Slater, einem seiner obercoolen Kumpels, weiter. Andrew starrt mich an, als wäre ich eine Frau mit Bart oder so. Die beiden setzen sich an den Tisch, der von meinem am weitesten entfernt ist. Ich finde, sie übertreiben ein bisschen. Ich meine, ich habe mich schließlich entschuldigt und damals auch angeboten, dass ich die Hose sauber mache, aber Damian hat daraufhin nur »Ja klar, ich ziehe mich jetzt einfach hier im Park aus und laufe in Unterwäsche nach Hause, oder was?« gesagt.

Na ja, dafür hat er jetzt gerade »Vergiss es« gesagt, richtig? UND er hat mir meine Banane zurückgegeben. Das ist ein Fortschritt. Andrew Slater soll sich mal wieder einkriegen. Außerdem habe ich eben bemerkt, dass er einen fetten Hals hat.

16 Uhr

Oh Gott. Ich muss zusammen mit Mick Tylforth, dem Schulperversen/Psycho, nachsitzen.

»Ha, das ist ja Stinke-Dench«, sagt er. Echt witzig, Dumbo-Mick.

Es gäbe viele Dinge, die ich ihm jetzt antworten könnte. Zum Beispiel, dass er echt dämlich ist und dass sein Vater im Knast sitzt, weil er gestohlene Handys im Pub verkauft hat (hat mein Bruder gesagt), aber er ist dafür einfach zu furchteinflößend. Deswegen sage ich nur: »Du hast einen Riesenfleck Ketchup auf deinem Pulli.«

Mundgeruch-Biggins nötigt uns, alle Tische und Stühle nach Kaugummi abzusuchen, die Pinsel im Kunstraum auszuwaschen und ein Pamphlet über Mobbing zu lesen.

»Mobbing zerstört Leben. Wer mobbt, ist ein Feigling«, steht da. Ich sage Mr Biggins, dass ich Treasure Cavendish sowas von über, über, überhaupt nicht GEMOBBT HABE. *Sie* war es, die über mich und meine Familie hergezogen ist.

»Tja, ihr beide gebt euch nichts«, sagt er. Was fällt dem ein? Was meint er damit? Ich bin ja wohl das komplette Gegenteil von Treasure.

17 Uhr

Phoebe sieht in ihrem Ballettkleid sooo süß aus. Aber sie redet nicht mit mir, weil ich nicht dabei war, als sie auf der Bühne ihr *Teddybärs-Picknick*-Stück aufgeführt hat.

»Du darfst jetzt nicht mehr zu meiner Geburtstagsfeier kommen«, sagt sie und verschränkt ihre pummeligen Arme.

Ich bringe es nicht über mich, ihr zu sagen, dass ihr Geburtstag erst in neun Monaten ist. Aber dann merkt sie, dass ich ihr Mäusespeck gekauft habe, und mir wird verziehen.

19 Uhr

Mum kommt in mein Zimmer und fragt mich, ob alles in Ordnung ist. Hinter ihrem Rücken hat sie eine Tüte versteckt. Sie hat mir ein neues Glitzertop gekauft. Wann kapiert meine Mutter endlich, dass ich gegen Supermarktklamotten bin? Amber sagt, dass die alle von Kinderarbeitern genäht sind, die gerade mal 5 Pence oder so im Jahr bekommen. Das ist unmoralisch. Es ist allerdings ein ziemlich hübsches Oberteil, das auch gut zu meiner weißen Jeans passen würde. Ich entschließe mich, dass ich es annehmen werde, weil meine Mutter ermutigt werden muss, öfter in den Supermarkt zu gehen.

Simon war total niedlich und hat Mums Ugg-Stiefel bewacht und sich an sie gekuschelt. Er glaubt, sie sind seine Freundin, und jedes Mal, wenn Mum mit ihnen nach draußen geht (was nicht oft vorkommt, weil er immer knurrt, sobald sie sie anziehen will), verzehrt er sich nach ihnen und jault und liegt wartend bei der Tür. Ich liebe ihn. Dummer Köter.

Mum fragt, ob ich in der Schule Damian begegnet bin.

Ich lüge, damit sie verschwindet, und sage, dass ich ihn ignoriert habe.

»Gut – vor Männern sollte man immer gewisse Geheimnisse haben.« Gähn. Ich weiß, was gleich kommt. Ich zähle in Gedanken rückwärts: Fünf, vier, drei, zwei, eins …

»Weißt du, dass dein Vater mich während unserer 18 Jahre andauernden Ehe nie auf der Toilette gesehen hat?«, fragt sie.

»Ja, weil du mir das schon fünfmillionenmal erzählt hast, Mutter.«

»Habe ich?«, plappert sie weiter. »Und habe ich dir je erzählt, dass ich immer wegschaue, wenn er aufs Klo geht, während ich im Bad bin?«

»Ja«, sage ich, »aber warum machst du dir überhaupt die Mühe? Wenn Dad pinkelt, hört man ihn hundert pro noch an der Bushaltestelle.«

Sie sagt, dass ich aufhören soll, so unappetitlich zu sein, und dass Phoebe mich hören könnte. Ich finde es unglaublich, dass meine Mutter noch immer auf meinen Vater steht, vor allem jetzt, wo ihm langsam die Haare ausfallen. Aber muss sie ja wohl, immerhin ist Phoebe so entstanden. Jedem, der nicht schnell genug das Weite sucht, erzählt sie: »Phoebe war ein Unfall (Trommelwirbel) … aber sie ist der beste Unfall, den ich je hatte!!!«

Seufz. Wenn ich jedes Mal ein Pfund bekommen würde, wenn sie das sagt, könnte ich von dem Geld ohne Probleme meine Nase operieren lassen.

Was bringen sie uns in der Schule noch mal über Verhütung bei? Wenn eine Zwölfjährige kapiert, was ein Kondom ist, dann verstehe ich nicht, warum das für Vierzigplusjährige zu kompliziert ist. Trotzdem bin ich froh, dass es Phoebe gibt. Sie ist lustig – und gerade eben reitet sie auf Simons Rücken durchs Zimmer. Ich kann mir ein Leben ohne sie nicht vorstellen.

Freitag

Tue so, als wäre ich krank, damit ich nicht zur Schule muss. Pudere mein Gesicht weiß und spüle viermal die Toilette, als wäre mir schlecht. Scheint so, als bliebe Mum auch zu Hause, weil ihr schlecht ist. Ich sage ihr, dass sie heute wie ungefähr 90 aussieht, und sie dreht sich mit einem sehr seltsamen Gesichtsausdruck von mir weg. Also echt jetzt, sie sollte sich wirklich mal einen Sinn für Humor zulegen.

Ich erzähle ihr von Treasure und wie hinreißend sie ist und dass ich mir sicher bin, dass Damian auf sie steht.

Mum sagt, Schönheit kann einem endlos Probleme bereiten.

»Na, dann hast du ja Glück gehabt – was, Mutter?«, sage ich. Wieder – kein Lachen. Entspann dich, Frau.

Mum sagt, dass ich es besser getroffen habe als Treasure, weil sie ein Einzelkind ist und in großen Familien die glücklicheren Menschen leben. Jetzt macht sie Witze – oder? Ich soll es besser getroffen haben, weil ich neben der Müffelhöhle schlafen darf?

Ich erkläre meiner Mutter, dass sie total falsch informiert ist. Zum einen ist Treasures Dad stinkreich und gibt Unmengen an Geld für sie aus, weil er immer unterwegs ist, und AUSSERDEM hat ihre Mutter ihr eine Kontokundenkarte für *Zara* gegeben. Sie verreist dreimal pro Jahr ins Ausland, und wenn sie aus der Schule nach Hause kommt, erwartet sie keine kleine Schwester, die aus ihrem Lieblings-BH eine Hängematte für Deirdre gebastelt hat. Da soll mir mal bitteschön einer die negativen Seiten nennen. Und was hatten *wir?* Zwei Wochen (von denen es zehn Tage ununterbrochen geregnet hat) in Wales in Omas gammeligem Wohnwagen und Duschen voll von anderleuts Schamhaaren.

»Du musst noch eine Menge über das Leben lernen«, sagt Mum. Tja, und *sie* muss noch eine Menge darüber lernen, was Kinder glücklich macht.

Nach der Schule bringt Amber die Hausaufgaben vorbei. »Du hast eine Zwei minus in deinem Aufsatz über die Römer«, sagt sie und schaut mich mitleidig an. Zwei minus? Das ist meine persönliche Bestnote!

»Hat heute jemand etwas über mich gesagt?«, frage ich.

»Nein, sie haben alle über Natasha Marshall hergezogen, weil sie einen Knutschfleck am Hals hatte«, sagt Amber.

Samstag

10 Uhr

Betrachte im Spiegel meine Nase von beiden Seiten, um herauszufinden, ob sie größer geworden ist. Ich glaube, ja. Großartig. Nicht mehr lange und in der Schule nennen sie mich »Frau Schnabel« und kaufen mir Trill.

Ich habe nachgedacht. Vielleicht habe ich mir ja nur eingebildet, dass Damian auf Treasure steht. Vielleicht war er einfach nur höflich. Ja, genau, schließlich war er an dem Tag auch höflich zu mir. Vor dem, ähem … Kacke-Vorfall, der von jetzt an nur noch KV heißen wird. Meine Fantasie ist nur mal wieder mit mir durchgegangen.

Ich mache eine Liste mit 12 feierlichen Gelübden. Dinge, die ich verbessern will, wenn Gott macht, dass Damian mich anstelle von ihr mag … (ja, ich weiß, normalerweise legt man nur zehn davon ab, aber ich habe eine Menge wiedergutzumachen).

Mein Pakt mit Gott

1. Ich werde jeden Sonntag in die Kirche gehen (außer im Urlaub und wenn es regnet und ich mich erkälten könnte oder wenn ich schon erkältet bin. Oh, und wenn ich bei einer Freundin übernachte, weil ich ja nicht will, dass alle denken, ich wäre irgendein seltsamer Jesusfanatiker, wenn ich am Sonntagmorgen aufstehe und sage: »Nein ich will nicht mit euch Facebook-Profile abchecken und Schokomuffins essen. Ich bin dann mal weg und höre Pfarrer Michael dabei zu, wie er über Fische und Brot und all so'n Zeug redet«).

2. Ich werde nie mehr die Fernbedienung vor meinem Vater verstecken, wenn er die Nachrichten sehen will, damit ich weiter *GZSZ* gucken kann.

3. Ich werde nie mehr mein von zu Hause mitgebrachtes Mittagessen mit Kieran Campbell gegen zwei Strohhalme Brausepulver und eine Packung Chips tauschen und meiner Mutter erzählen, dass ich eine nahrhafte Mahlzeit hatte.

4. Ich werde ganz bestimmt kein Fleisch mehr essen, und diesmal meine ich es ernst. Amber sagt, dass die

Erde gerettet werden könnte, wenn wir aufhören würden, Kühe und Schweine in uns reinzustopfen (nicht, dass *sie* das davon abhalten würde).

5. Ich werde nie mehr *Deirdre Discokugel* machen. Und ich werde auch nicht zulassen, dass Phoebe Simon ihre alten Mützen und Röcke anzieht oder ihn mit Mums Lieblingslidschatten und Lippenstift verschönert.

6. Ich werde rechtzeitig meine Hausaufgaben erledigen und nur in den Naturwissenschaften und Mathe von Amber abschreiben. Oder Erdkunde. Und manchmal in Deutsch, zumindest wenn wir Grammatik machen.

7. Ich werde Ricks Freunden nicht mehr erzählen, dass er zusammen mit Phoebe *Schneewittchen* schaut und manchmal so tut, als wäre er der schöne Prinz.

8. Ich werde meiner Mutter nicht sagen, dass ich sie hasse, weil sie mir mein Daisy-Duck-Top nicht rechtzeitig für die Disco im Jugendhaus gewaschen hat (obwohl ich klarstellen möchte, dass es dafür wirklich keine Entschuldigung gab).

9. Ich werde alten Damen über die Straße helfen und nicht ungeduldig werden, wenn sie nicht schnell genug sind.

10. Ich werde mich nicht über meine zu große Nase beschweren, weil, hey, für Gott jeder etwas Besonderes ist.

11. Ich werde nicht lachen, wenn Andrew Slater Miss Jeff, unsere zweite Sportlehrerin, *Jeffer die Wuchtbrumme* nennt, nur weil sie was-meine-Oma-als-»gut gebaut«-bezeichnen-würde ist.

12. Ich werde, äh, über diesen Punkt später nachdenken …

Ich rolle die Liste zusammen, wickle einen Haargummi darum und schiebe sie unters Bett.

18 Uhr

Oma kommt vorbei und macht wieder Brimborium um ihre Gedärme. »Alles war gut und schön, und dann bin ich einen Abend bei Cissy gewesen, nur einen Abend, und meine innere Uhr ist völlig durcheinandergeraten«, erzählt sie Mum in der Küche. Warum sind alte Menschen so? Wenn wir in der Schule den ganzen Tag über unsere Kacke reden würden, würden wir als geschmacklos und vulgär beschimpft werden, aber wenn man erst einmal die Siebzig überschritten hat, darf man anscheinend alles sagen, was man will.

»Wie alt bist du, Oma?«, fragt Phoebe, die ihrer Barbiepuppe aus irgendwelchen unerfindlichen Gründen die Augen Marilyn-Manson-mäßig schwarz-weiß malt.

»Ich bin 79 Jahre jung, Liebes«, sagt Oma wie immer.

»Oh«, sagt Phoebe freundlich, »stirbst du dann bald?«

18.30 Uhr

Ich weiß, was passiert, wenn ich runter gehe und Hallo sage. »Hallo, Danielle – bist du dein Päckchen losgeworden?«, wird sie fragen. »Phoebe, Rick – seid ihr eure Päckchen losgeworden?« Damit meint sie, ob wir heute schon auf dem Klo waren. Sie fragt das jedes Mal, sogar wenn Freunde aus der Schule da sind und ich dann so tun muss, als würde sie über ein Paket für irgendeine afrikanische Wohltätigkeitsorganisation oder so reden.

Darf nicht vergessen, dass ich noch *Clearasil* auf meine Mitesser tupfen muss.

19 Uhr

Komisch – Mum und Oma murmeln noch immer leise in der Küche, und Mum hat noch nicht mal zu uns hochgerufen und gesagt, dass wir nicht unhöflich sein und runterkommen und unserer Großmutter Guten Tag sagen sollen. Ich gehe in die Küche. Sie werden sofort still. »Oh, hallo, Danielle«, sagt Oma zerstreut. Kein »Wie geht es dir?«, sie hat sich nicht mal nach meinem Päckchen erkundigt! Ich bin beleidigt. Alte Leute sind so selbstsüchtig.

19.10 Uhr

Zum Abendessen gibt es mein absolutes Lieblingsgericht: Kartoffel-Fleisch-Auflauf. Aber ich informiere meine Mutter, dass ich jetzt Vegetarierin bin und dass sie zwischendurch ruhig auch mal über das Wohlergehen von Tieren nachdenken könnte.

»Hältst du diesmal länger als zwei Tage durch?«, fragt sie.

Ich erkläre ihr, dass das eine Entscheidung fürs Leben ist.

»Tja, dann musst du dir wohl ein Käsebrot machen.«

Ich hasse Käse. Gemüse hasse ich auch. Was ein Problem ist. Vielleicht verhungere ich ja. Nicht, dass das irgendjemandem auffallen würde. Aber stellt euch mal vor, was für einen guten Eindruck meine Grabinschrift auf Damian machen würde: »Sie liebte Tiere so sehr, dass sie für sie starb.«

Sonntag

Mum findet, wir sollten mal wieder alle zusammen »als Familie« mit Simon in den Park gehen. Rick lügt, er müsse für seine Probeklausuren lernen, also sind wir nur zu viert. Es gibt einen kleinen Tumult, als Simon jemandem das Picknick vermasselt, weil er mitten über die Decke läuft und ein Wurstbrötchen klaut, aber nachdem wir Mr Wütender-Mann-mittleren-Alters wieder beruhigt haben, wird es insgesamt ein ganz schöner Tag. Mum ist noch immer ein bisschen seltsam und rührselig und sagt zu mir und Phoebe so Sachen wie: »Ihr seid immer noch beide meine Kleinen. Vergesst das nicht!«

Dad rubbelt ihr den Rücken, als wäre sie ein gestresstes Pony. Phoebe ist außer sich. »Ich bin gar nicht klein!«, ruft sie. »Ich kann mir sogar schon ganz allein den Po abwischen.«

Montag

Schleppe Amber nach der Schule mit in die Drogerie. Weil ich Damian zur Vernunft bringen muss und er mich Treasure vorziehen soll, habe ich beschlossen, dass ich mein Aussehen verändern muss. Ich gebe 3,99 Pfund für Wimperntusche aus, die »Teleskop-Wimpern, mit denen Sie auffallen werden!« verspricht.

»Die darfst du aber nicht für die Schule nehmen«, sagt Amber, wie immer ganz der Moralapostel. »Mr Cook (der Schulleiter) wird sie dich sonst bestimmt wegschrubben lassen.«

»Also echt, wenn Treasure damit durchkommt, kann ich das ja wohl auch«, sage ich. »Jetzt brauche ich nur noch Selbstbräuner.«

Amber sagt, dass der vielleicht giftig ist und ich keine Ahnung habe, was ich mir da auf die Haut schmiere, und warum wir nicht erst mal nach Hause gehen und uns im Internet schlau machen.

Mal ehrlich – wie ist *die* denn bitte wieder drauf? »Das benutzt doch jeder«, sage ich, schließlich gehe ich ja wenigstens nicht auf die Sonnenbank, wo man eine Haut wie eine Schildkröte bekommt. Allerdings habe ich nicht mehr genug Geld für eine ganze Flasche Selbstbräuner dabei.

»Gut, gehen wir«, sagt Amber. Aber dann entdecke ich kleine Tütchen mit »Selbstbräunungstüchern«, die nur 99 Pence kosten. Amber glaubt, dass die nichts taugen, aber ich sage ihr, dass sie den Schnabel halten soll, und leihe mir ein Pfund, damit ich mir drei kaufen kann. Die werde ich morgen ausprobieren, wenn Mum mit Tante Karen zum Kneipenquiz geht.

Dienstag

Amber kommt gegen 18 Uhr vorbei, um die Tat zu vollbringen. Wir erzählen Dad, dass wir nach oben gehen und unsere Geschichtshausaufgaben machen.

»Ich bin froh, dass wenigstens eine von Dannis Freundinnen einen guten Einfluss auf sie hat«, sagt er.

Amber wird ganz rot, und man sieht ihr das schlechte Gewissen richtig an. Sie ist wirklich eine schlechte Lügnerin.

Simon hat seinen Kopf total niedlich auf seine »Freundin« gelegt. Als Dad ihm Mums Ugg-Stiefel wegziehen will, knurrt er und legt seine Vorderpfoten darauf, als würde er die Uggs umarmen. Sie kosten ein Vermögen und jetzt sind sie voller Sabber.

»Da steht, dass man zuerst die toten Hautzellen entfernen soll«, sagt Amber, als sie durch ihre Brille auf die Packung blinzelt.

»Was, wie soll *das* denn gehen?«, frage ich.

»Keine Ahnung«, sagt sie.

»Ignorieren wir das einfach«, entscheide ich und ziehe meine Schuluniform aus.

»Bist du dir sicher, dass Damian die Mühe wert ist?«, fragt sie. »Ich finde, dass er manchmal ein bisschen, na, du weißt schon, zu sehr von sich selbst eingenommen ist.«

Arme Amber – sie hat keine Ahnung von Jungs.

Ich nehme mir mein Gesicht und den Hals vor und Amber macht meine Arme und Beine. Es fühlt sich eigentlich so an wie eins von diesen Feuchttüchern, die man manchmal nach dem Essen im Chinarestaurant bekommt. Da steht, dass ich binnen 12 Stunden »gebräunt und gesund aussehen« und »einen Hauch von Sommer ausstrahlen« werde. Amber bezweifelt das und sagt, dass sich das ein bisschen *billig* anhört. Dieses Mädchen ist so ein Miesepeter. Wir reiben die Haut ein, und dann höre ich, wie Dad Phoebe nach oben ins Bett bringt. Wie immer will sie noch mal zu mir ins Zimmer, zu den großen Mädchen. Ich ziehe mir schnell ein T-Shirt und eine Jeans über und sage Dad, dass sie maximal für zehn Minuten kommen darf, weil wir noch eine Menge über den Englischen Bürgerkrieg lernen müssen.

Phoebe spielt mit meinem Mäppchen, zieht verschiedene Sachen raus und fragt »Darf ich das?« und »Kann ich das?«, während Amber und ich herumrennen und die Selbstbräuner-Beweise vernichten. Amber sagt, dass sie sich besser mal auf den Weg macht, und wuselt davon. Also echt, manchmal ist sie so ein Schisser.

Phoebe klettert auf meinen Schoß und schnuppert an meinem Gesicht, wie Simon das manchmal macht, wenn ich Erdbeerlipgloss aufgetragen habe. »Du riechst komisch«, sagt Phoebe. Stimmt schon, die Selbstbräunungstücher riechen ein bisschen nach Schinkenchips, aber das ist ja nicht das Schlechteste, oder? Ich sage ihr, dass sie den Mund halten soll, weil ich ihr sonst nicht zum 472. Mal *Für Hund und Katz ist auch noch Platz* vorlesen werde.

Mittwoch

7 Uhr

Ich frage mich, wie ich wohl aussehen werde? Natürlich werde ich nicht genauso wie Treasure aussehen, aber bestimmt mindestens so braun wie die Kandidaten aus dem *Dschungelcamp.* Ich bin bereit, meine braun gebrannte Schönheit in mich aufzusaugen, und schaue in den Spiegel. ACH. DU. LIEBER. HIMMEL. Ich sehe aus, als hätte ich mich in eine riesige Scheibe Schinkenspeck verwandelt. Mit den Streifen in meinem Gesicht gehe ich glatt als Biene

Maja durch, und meine Hände sind so verschmiert, dass man meinen könnte, ich hätte mir mit ihnen den Hintern abgewischt.

Mum ist glücklicherweise noch im Bett, weil sie – wieder – abgespannt ist, aber als ich zum Frühstück runtergehe, sieht Rick mich. »Ha! Du hast zu viel Orangina getrunken«, sagt er.

Ich versuche, es mit Mums Make-up abzudecken, aber die orangefarbenen Streifen schimmern durch. Dad meint, ich könnte immer noch so tun, als hätte ich Phoebes Wildtiere-Schminke benutzt und es hätte nicht ganz geklappt. Phoebe fragt mich ganz ernsthaft, ob sie mir ihre Miezekatzenohren leihen soll.

Dad scheint das alles saukomisch zu finden, bis ihm klar wird, dass sich die ganze Sache nicht abwaschen lässt. »Sieh zu, dass du in der Schule bist, bevor deine Mutter dich zu Gesicht bekommt«, sagt er. Meine Wimperntusche muss ich mir wohl für einen anderen Tag aufheben.

8.25 Uhr

Ich warte an der Bushaltestelle, habe meinen Dufflecoat mit Kapuze an und einen Schal um. Es ist fast Juni. Ein paar aus der Siebten fragen mich, ob ich wegen einer Wette so rumlaufe. Ich verklickere ihnen, dass sie sich verdünnisieren sollen, allerdings gespickt mit ein paar Schimpfwörtern.

Darf ich hier mal betonen, dass Amber keine große Hilfe ist!

Als sie kommt, starrt sie mich die ganze Zeit an und sagt ständig: »Oh, Schwester, das ist echt schlimm. ECHT, echt schlimm.« Warum redet *sie* jetzt *auch noch* so? Glauben hier eigentlich alle, sie wären Amerikaner?

Ich beschließe, dass ich da jetzt durch muss, und bevor ich noch schmelze, ziehe ich Mantel und Schal aus und sitze kläglich im Bus und füge mich meinem Schicksal. Es kommt in Gestalt von James Burgess aus der Neunten, der seine Hände vor mein Gesicht hält und »Aaaah, das ist aber schön warm« sagt, als würde er sie sich an einem Feuer wärmen.

»Ich habe wenigstens keine Zahnlücke, durch die man mit einem Flugzeug fliegen kann«, sage ich. Ich glaube, ich habe einen kleinen Treffer gelandet.

In der Schule werde ich von allen umringt, und sie fragen mich, ob ich mich auf der Sonnenbank verbrannt habe oder allergisch auf Karotten bin. Ha, ha, mir tut vor Lachen schon alles weh. Und dann sehe ich, wie Treasure zusammen mit Damian anrückt.

»Oh, Danni, du HAST DOCH NICHT ETWA Selbstbräuner ausprobiert, oder? Ach, wie süüüüüüüß. Aber das sollte man wirklich nur von einem Fachmann machen lassen. Sonst sieht man am Ende so aus wie du – wie eine große, verschmierte Sauerei.« Damian zieht sie weg.

Miss Judd kommt rein.

»Was um HIMMELS WILLEN ist mit deinem Gesicht passiert, Dench?«, ruft sie dröhnend.

»Das war, äh, eine Selbstbräunungssache, die ein bisschen verunglückt ist«, sage ich und weiß, dass sich das irgendwie komisch anhört. Die ganze Klasse brüllt vor Lachen.

»Warum glaubt ihr Mädchen bloß, dass es attraktiv ist, wenn man ein orangefarbenes Gesicht hat? Das wird mir wohl für immer ein Rätsel bleiben«, sagt sie. »Melde dich bitte im Büro des Schulleiters.«

10 Uhr

Mr Cook hat mich nach Hause geschickt. *Quelle* Erfolg! Warum habe ich das nicht schon früher gemacht? Werde den ganzen Tag meine Facebookseite aktualisieren und Kika schauen. (Ich weiß – das ist erbärmlich. Verratet es niemandem.) Ich frage mich, ob ich mir einen Jahresvorrat an Selbstbräunertüchern zulegen sollte, als Investition sozusagen. Ich könnte sie in der Schule verkaufen.

15 Uhr

Mum kommt früh von der Arbeit, nachdem sie Phoebe aus dem Kindergarten abgeholt hat. Sie ist so mit sich selbst beschäftigt, dass sie mein Gesicht nicht mal bemerkt, bis Phoebe mir die Haare streichelt und »Komm, miez, miez. Böse Mieze muss baden« sagt.

Mum ist ziemlich sauer, dass sie mich nach Hause geschickt haben, und steckt mich für eine Stunde mit ein paar von ihren teuren Duftölen in die Badewanne. Noch ein Erfolg.

18 Uhr

Amber und Megan kommen vorbei und wollen mich aufmuntern. Megan ist meine zweitbeste Freundin, aber manchmal befördere ich sie zur besten Freundin, zum Beispiel, wenn ich mir ihren iPod oder ihre rote Jacke ausleihen will. Wir schauen eine DVD und dann gehen wir auf mein Zimmer und singen Karaoke. Dad hat mir die Karaokemaschine letztes Jahr zum Geburtstag gekauft.

Megan, die mit 16 mit der Schule aufhören und Sängerin werden will, singt *Born this Way* von Lady Gaga. Ich ziehe Mums weiße Stöckelschuhe an und schiebe mir zwei Socken in meinen BH und imitiere Treasure zu einem Lied von Cheryl Cole und werfe meine Haare zurück. Amber und Megan machen sich fast in die Hose vor Lachen und rollen auf meinem Bett herum. Ich gehöre wirklich auf die Bühne.

Dad ruft nach oben, dass wir gefälligst leiser stellen sollen und dass in dieser Straße auch noch andere Leute wohnen. Wenn er schon zuhören muss, wie Katzen bei lebendigem Leib gehäutet werden, dann würde er das lieber bei denen tun, die unseren Garten als Katzenklo benutzen. Er ist so ein Egozentriker. Wenn ich genauer darüber nachdenke, hat er in den letzten Tagen ein bisschen alt und verhärmt ausgesehen, genau wie Mum. Die beiden sind aber auch echt grantige Stinkstiefel.

Ich zeige Amber und Megan meinen Pakt mit Gott, damit Damian mich mag. Sie schauen sich irgendwie seltsam an.

»Was denn?«, frage ich.

»Nichts!«, sagen sie mit viel zu hohen Stimmen.

»Wenn ihr nicht damit rausrückt, lass ich Deirdre raus«, drohe ich (Megan hat Angst vor Nagetieren).

Das zeigt Wirkung. Am Freitag, als ich krank zu Hause war, erzählt Megan mir, hat Treasure einer Gruppe Mädchen verkündet, dass sie mit Damian im Kino gewesen wäre, um irgendeinen blöden 3D-Film anzuschauen, und dass sie Freundschaftsarmbänder getauscht hätten. Sie hat es ständig rausgeholt und jedem gezeigt, der vorbeigekommen ist.

Ich starre Amber und Megan an. Mir ist megaschlecht, so als hätte mir jemand mit einem Keilabsatz in die Nieren getreten. Hier kommt mein Rat für jeden, den es interessiert: Schließt NIEMALS einen Pakt mit Gott, weil er nämlich nicht zuhört. Im Grunde ist das der Beweis, dass Gott nicht existiert. Ich kann einfach nicht mit Treasure konkurrieren. Sie ist hübsch und hat Brüste UND ein iPhone. Zu meinem Entsetzen und meiner Schande muss ich gestehen, dass ich heule, bis große Schnodderblasen aus meiner Nase kommen.

Mum und Dad stürmen die Treppe rauf. »Um Himmels willen, was ist passiert?«, fragt Mum.

»Damian hat Treasure ein Freundschaftsarmband gegeben«, jammere ich, während mir Tränen von der Nase tropfen.

»Das ist alles?«, fragt Dad. »Jungs in deinem Alter gibt es doch wie Sand am Meer – sie sind wie Sch✳✳✳ auf der Weide.«

Megan und Amber müssen kichern, aber ich erkläre ihnen, dass es kein bisschen lustig oder hilfreich ist, wenn mein Leid mit Kuhfladen verglichen wird.

Montag

Habe kaum geschlafen. In der Schule tue ich so, als wäre ich erkältet und halte den ganzen Tag meinen Kopf gesenkt. Meine Augen und meine Nase sind vom Weinen ganz rot, vielleicht ja auch von der vielen Seife, mit der ich mein Gesicht geschrubbt habe. Mittags verstecke ich mich in der Bibliothek, und obwohl ich fast platze, gehe ich den ganzen Tag nicht aufs Klo – könnte ja sein, dass Treasure da drin ist, ihr Make-up aufpoliert und Hof für ihre blöden, kichernden Anhängerinnen hält. Ihre Mum kauft ihr eine »unsichtbare« Grundierung von *Clinique,* damit die Lehrer nicht merken, dass sie geschminkt ist. Das ist doch unglaublich, oder? Mum sagt, dass sie für den Preis dieser Grundierung woanders einen Großeinkauf machen könnte.

Aber dann, als es nach Französisch zum letzten Mal für den Tag klingelt und ich aus dem Hauptausgang eile, renne ich buchstäblich in Treasure hinein, die daraufhin ihr Matheheft fallen lässt. Sie ist umgeben von ihren grinsenden, schleimerischen Klingonen.

»Danni, alles in Ordnung mit dir? Du sieht SCHRECKLICH aus«, sagt sie ganz entzückt.

»Ja, schrecklich«, wiederholt einer ihrer Klingonen. Was für eine Kuh.

»Ich glaube, hier gibt es ein Echo«, sage ich. »Entweder das oder wir haben an dieser Schule einen sehr dummen Geist. Jedenfalls habe ich bloß eine Lungenentzündung – nichts Schlimmes.«

Treasure grinst, weil sie die Freundschaftsband-Macht hat. Also hebe ich ihr Heft auf. »Hier, dein Heft«, sage ich. »Oje – nur 11 von 20 Punkten. Na ja, ich nehme mal an, dass du abends nicht sonderlich viel Zeit zum Lernen hast, wo du dir immer erst den ganzen Dreck aus dem Gesicht kratzen musst.« Ihre Miene verfinstert sich – also, so gut das eben geht, wenn die Grundfarbe Orangerot ist –, aber als sie Mr Cook auftauchen sieht, setzt sie ein falsches Lächeln auf.

Zeig mir nicht das Armband, zeig mir nicht das Armband …, denke ich.

Was sie auch nicht macht. Jetzt bin ich genervt und denke: *Zeig mir das Armband. Zeig mir das verdammte Armband.*

»Dann hoffe ich mal, dass es dir bis Donnerstag wieder besser geht«, sagt sie. Donnerstag? Donnerstag. Was ist am Donnerstag?

»Die Disco im Jugendhaus«, flüstert Amber. Oh, NEIN. Da gehe ich nicht hin. DA GEHE ICH NICHT HIN.

18 Uhr

Gehe nach Hause und knuddle Simon. Er leckt über meine Wangen und fragt sich wahrscheinlich, warum sie nach Tierfutter riechen. Zum Glück gibt es Tiere. Gehe mit ihm spazieren, und er jagt Fett-Maggie, die Katze aus der Hausnummer 28. Mr Robinson, ihr Besitzer, der auch fett ist, sagt mir, dass ich mal lernen sollte, meinen Hund zu kontrollieren. Ich sage ihm, dass er lernen sollte, die *Kitekat*-Portionen zu kontrollieren, dann könnte seine Katze vielleicht ein bisschen schneller rennen. Er sagt mir, dass ich eine vorlaute kleine **piiiep** bin und dass er mal ein Wörtchen mit meiner Mutter reden wird. Na dann viel Glück, Kumpel. Zurzeit hört sie selbst Phoebe kaum zu.

Am Abend esse ich eine armselige Ofenkartoffel mit weißen Bohnen in Tomatensoße, während sich meine Mörderfamilie Spaghetti Bolognese reinstopft. Kuhmörder. Ich muss mir einen »Fleisch ist Mord«-Button kaufen.

Mittwoch

Sean O'Connor hat mich heute in der Schule gefragt, ob alles in Ordnung ist. »Warum fragt mich das eigentlich jeder?«, blaffe ich ihn an.

»Weil du zwei Tage lange fast nichts gesagt hast, und normalerweise, ähm, redest du die ganze Zeit«, sagt er und knibbelt an seinem Energy-Drink herum. Merkwürdiger Junge. Ganz schöne Frechheit eigentlich! Ich bin ruhig und geheimnisvoll, oder etwa nicht?

»Darf man hier nicht mal mehr krank sein?«, sage ich und rausche davon.

Donnerstag

Wache auf, weil ich wütende Stimmen aus der Küche höre. Simon ist in Ungnade gefallen. Er hat seit heute Morgen schon Folgendes zerbissen:

- ein Kissen aus dem Wohnzimmer (rot)
- einen Lipgloss (genau genommen meinen)
- einen Dreierpack Dove Seife (er wird bestimmt bald kotzen)
- ein sprechendes rosa Stoffschwein mit Aufziehkordel (Phoebe war untröstlich, und damit sie zu weinen aufhört, wurde ihr ein Ausflug zum Disney Laden versprochen).

Mir, dem Beta-Kind, wurde mal wieder nur gesagt: »Dieser Hund bringt unnötigen Stress in unser Leben. Wir hatten ausgemacht, das Tier ist *deine* Verantwortung.« *Das Tier?* Unverschämt. Ja, er kann echt nerven, aber er hat ein Gesicht wie ein Teddybär und seine Pfoten riechen immer nach Erdnussflips. Was will man mehr? Und außerdem – was ist witziger als Simon in der Autowaschanlage (natürlich in einem Auto), das soll mir mal bitte jemand sagen. Er denkt, die riesigen Bürsten sind Monster, und er bekommt Zustände, wenn er versucht, gegen sie zu kämpfen.

Habe bemerkt, dass ich lächeln musste, als ich daran gedacht habe. Mir geht es jetzt ein bisschen besser. Vielleicht gehe ich heute Abend doch zur Disco. Ja, ich werde Amber und Megan überreden mitzukommen.

17 Uhr

Ich habe buchstäblich überhaupt nichts zum Anziehen. Mum sagt, dass ich mir was von ihr ausleihen kann. Danke, Mutter, aber es ist keine Themenparty »Rentner«. Ich ziehe das Glitzertop vom Supermarkt an und eine Jeans und klatsche mir etwas von Mums teurer Grundierung ins Gesicht. Geschieht ihr recht.

22 Uhr

Warum habe ich mich bloß von Megan und der selbstsüchtigen Amber dazu überreden lassen, mit zur Disco zu gehen? Treasure war dort, hat mit ihrem blöden Armband geprotzt und ist Damian den ganzen Abend nicht von der

Seite gewichen. Sie sah umwerfend aus, so wie das verzogene Gören eben tun. Sie hatte irgendein kurzgeschnittenes Jeansoverallteil an und war die ganze Zeit von irgendwelchen dummen raunenden und staunenden Mädels umringt.

»Manchmal ist sie eigentlich ganz nett«, sagt Megan. »In Geschichte hat sie mir schon mal ihre Filzstifte geliehen.«

Oh, ich bitte VIELMALS um Verzeihung. Tut mir FURCHTBAR leid, dass ich sie so falsch eingeschätzt habe. Schreib's doch auf Facebook! (Nicht vergessen: Megan, die Verräterin, ist mit sofortiger Wirkung auf den Status Ersatzfreundin zurückgestuft.)

Ratet mal, wer mich verfolgt, als ich zur Toilette gehe, um meinen Lipgloss neu aufzutragen (habe ihn mir von Mum geliehen – wenn ich gefragt hätte, hätte sie bestimmt *ja* gesagt). Richtig, Treasure.

»Oh, hallo Danni«, sagt sie zuckersüß. »Hast du schon das Armband gesehen, das Damian mir geschenkt hat?«

»Ist das ein Bumsband?«, sage ich lässig. »Da hast du doch inzwischen garantiert schon ein paar.«

Es ist nicht zu übersehen, dass sie sich ärgert, aber sie lacht bloß höhnisch. »Das ist genau dein Niveau, Danni. Genau genommen ist das ein Verbindungsarmband.«

Verbindung? VERBINDUNG? Das heißt Freundschaftsarmband, du verzweifelter Push-up-BH tragender Hohlkopf.

»Ach, süß«, sage ich in meiner allerbesten Mir-doch-egal-Stimme. »Ich hatte in der Grundschule mal so eins.«

Was sie aus dem Konzept bringt. Aber ein Ass hat sie noch im Ärmel, und das will sie unbedingt ausspielen. »Wer weiß«, sagt sie so affektiert, dass ich ihr am liebsten eine reinhauen würde, »wenn wir erst mal mit der Uni fertig sind, tauscht Damian es ja vielleicht gegen einen Verlobungsring.«

Ich bin so rot wie eine verschwitzte Himbeere, aber ich lasse sie garantiert nicht spüren, dass ich eifersüchtig bin. »Oh, das glaube ich nicht«, sage ich. »Zumindest nicht, wenn er erst einmal mitbekommt, wie du ohne das ganze Make-up aussiehst. Ohne deine 15 Zentimeter dicke Schminkschicht erkennen dich bestimmt nicht mal mehr deine Eltern.«

Ich muss schon sagen, das war ein ganz schön guter Konter, selbst für meine Verhältnisse. Treasure sieht angefressen aus. »Ach, geh doch heim in dein Flodder-Zimmer und mach deinen verdreckten Frettchen- oder Sonstwaskäfig sauber«, sagt sie.

Ja, ich glaube, ich habe gewonnen.

Zeit, nach Hause zu gehen.

Sonntag

Meine Eltern sind schon wieder in der Küche - sie flüstern, lächeln aber nicht. Warum flüstern sie? Warum lächeln sie nicht? Irgendwas ist da los. Vielleicht trennen sie sich! Vielleicht hat Dad eine Affäre! Toll! Danke, Gott! Oh, nur dass ihn wahrscheinlich niemand haben will, immerhin verliert er seine Haare und er hat einen Wabbelbauch.

Rick kommt gerade von einem Spaziergang mit Simon zurück, den er nur gemacht hat, weil er den beiden aus dem Weg gehen wollte. Er glaubt auch, dass sie ernsthafte Probleme haben könnten. Immerhin hat er Mum letztens dabei erwischt, wie sie im Bad geweint hat, aber sie hat behauptet, sie hätte sich ins Auge gestochen, als sie ihre Kontaktlinsen einsetzen wollte.

»Sie sieht wie eine zurückgewiesene Frau aus«, sagt er. Dann denkt er einen Augenblick lang nach. »Bei wem würdest du wohnen, wenn sie sich trennen?«

Gute Frage. Es ist, als sollte man sich zwischen Tuberkulose und Blinddarmentzündung entscheiden. Beides nicht sehr verlockend. »Weiß nicht. Mum vielleicht, wegen ihrem Make-up und dem Glätteisen«, sage ich. »Und du?«

»Ich würde bei dem wohnen, der den Sky Receiver mitnimmt«, sagt er.

Es muss extrem befriedigend sein, Kinder zu haben.

Ich würde mich gern noch weiter mit Rick darüber unterhalten, aber er hat sich in seine Stinkhöhle verzogen und keine Lust mehr, das noch länger zu besprechen, weil er sich mit seinen Freunden aus der Klasse trifft, wofür er in seinen coolen und distanzierten Modus umschalten muss, was hauptsächlich bedeutet, dass er mich ignoriert.

14 Uhr

Mum ist rausgegangen und hat Phoebe mitgenommen, die in ihrem Buggy schläft. Beachte: Kein Gedanke an die Beta-Tochter. Ich glaube, es könnte auch genau andersherum sein. Vielleicht »flirtet« (so würde es zumindest Oma nennen) Mum ja mit einem anderen Kerl. Mum sieht Iris-Berben-mäßig noch ganz gut aus und redet ständig davon, dass sie ihre Rettungsringe loswerden muss. Sehr verdächtig. Als ich neulich erwähnt habe, dass ich 4000 Pfund für meine Nasen-OP bräuchte, wenn ich 18 bin, hat sie sich halb totgelacht, sich an ihre Oberschenkel gefasst und gesagt: »Wenn in diesem Haushalt irgendwelches Geld für eine Schönheitsoperation übrig sein sollte, werden *die* als Erstes abgesaugt.« Selbstsüchtige Frau. Sie ist doch viel zu alt, als dass sich noch jemand dafür interessieren würde, wie sie aussieht. Ihr Leben ist fast vorbei, während ich die Liebe noch entdecken muss.

17 Uhr

Mum und Phoebe sind zurück. Mum sieht verlegen aus und sagt: »Wir waren mit Oma einkaufen.«

»Ich habe einen Karrat Ballon bekommen«, sagt Phoebe. Sie meint *Karstadt.* Es ist so: Wir sind dermaßen vernachlässigt, dass meine kleine Schwester glaubt, Umsonstballons, die im Kaufhaus an irgendwelche Staubsauger geknotet sind, wären eine Belohnung.

Mum und Dad sind mal wieder im Wohnzimmer und flüstern, aber dann bemerken sie, dass Phoebe Deirdre ans Küchenfenster hält und einige der Nachbarskatzen im Garten sitzen. Sie haben untertellergroße Augen bekommen und lecken sich die Lippen.

Das ist eine andere von Phoebes – und Dads – Lieblingsbeschäftigungen, vor allem, wenn eine der Katzen gegen das Fenster springt und sich den Schädel rammt. Dad macht das besonders Spaß. »Nicht schlecht, Pheeps – zehn Punkte«, sagt er dann immer.

Unsere Familie ist ernsthaft krank.

Juni

Montag

8 Uhr

Meine Mutter sieht F.E.R.T.I.G. aus. Vielleicht hat sie sich ja zu viel von dem Raki hinter die Binde gekippt, den Tante Karen aus der Türkei mitgebracht hat. Oder sie ist mit ihrem Liebhaber ausgegangen! Sie war gestern drei Stunden lang weg, und ich wette, dass Phoebe die meiste Zeit davon geschlafen hat. Genug Zeit, um ihr-wisst-schon-was zu machen. Würg!

Mum läuft noch immer im Frotteebademantel rum. Ich habe gehört, wie sie »Ich weiß nicht, ob ich das hinbekomme, Dave. Ich bin so müde« gesagt hat. WAS soll sie hinbekommen? Macht sie das Zusammenleben mit Dad müde? Falls ja, willkommen im Klub.

Dad wirkt seltsam gelassen dafür, dass seine Frau eine leidenschaftliche Affäre hat, und liest den Sportteil der Tageszeitung. »Es wird schon alles gut werden, wart's nur ab«, sagt er.

Wovon redet er? WAS WIRD GUT WERDEN?

8.10 Uhr

Mum ist im Bad, und ich will mir noch die Zähne mit der Zahnaufhellerpaste putzen. Ich konnte Mum überzeugen, dass ich die unbedingt brauche. Ich klopfe an. Weint sie? Zumindest macht sie seltsame Schniefgeräusche.

Als ich frage, was los ist, sagt sie: »Ich fühle mich nur ein bisschen grippig.« Sie ist eine total schlechte Lügnerin, genau wie ihr Mann. Dann muss ich eben ohne Zähneputzen zur Schule. Ekelhaft. Vielleicht kann ich im Bus ja jemandem einen Kaugummi abschwatzen.

16 Uhr

Seltsamer Schultag heute – habe die ganze Zeit versucht, hinter die Unwahrheiten meiner Eltern zu kommen. Ich habe mit meinem Stuhl gekippelt, aus dem Fenster gestarrt und mich gefragt, ob es noch andere Gründe gibt – vielleicht ziehen wir ja alle nach Schottland. Ich will aber nicht nach Schottland ziehen. Dort ist es kalt, und Simon wird es gar nicht gefallen, und da gibt es keine Amber.

»Stühle haben eins, zwei, drei, vier Beine«, sagt Miss Judd, während sie sich runterbeugt und dabei nacheinander jedes einzelne berührt. »Benutze sie.«

Was haben Lehrer eigentlich immer mit Stuhlbeinen?

Weiß doch jeder, dass die Geschichte von dem Schüler, der nach hinten kippt und sich die Zähne mit den eigenen Knien ausschlägt, ein totales Märchen ist. Und dann gibt es noch was, auf dem die Lehrer ständig herumreiten. »Legst du zu Hause deine Füße auch immer auf den Tisch?«, fragen sie. Und wenn man »Ja« antwortet, weil es echt stimmt, motzen sie, weil man frech ist. *Die* Logik soll mir mal einer erklären. Ich werde nie Lehrer werden. Was für ein sinnloses Leben.

16.15 Uhr

Ich sage Amber, dass ich mit ihr reden muss, also gehen wir zu ihr und sitzen in ihrem Zimmer, das voller »Rettet den Regenwald und die Pandas und irgendeinen fernen Stamm«-Poster ist. Seufz. Kein EINZIGES Bild von Robert Pattinson. Das ist nicht normal.

Schütte ihr mein Herz mit all meinen Sorgen aus. Amber schleicht ins Schlafzimmer ihrer Mutter und leiht sich ein riesiges Buch aus, das »Die Gesundheit der Frau« heißt. Auf dem Cover ist eine lachende Frau mittleren Alters, die einen Salat isst. Warum sollte irgendjemand lachen, wenn er Salat essen muss?

Sie blättert es durch und sagt schließlich triumphierend: »Habe ich es doch gewusst! Deine Mutter steckt in den Wechseljahren.«

21 Uhr

Sitze in meinem Zimmer. Mir ist schlecht, und ich versuche, all die Sachen zu vergessen, die Amber mir aus dem Buch über die Wechseljahre vorgelesen hat. Wechseljahre bedeutet, eine Frau ist alt. Über Verfallsdatum. Sie bekommt ihre Periode nicht mehr, was wahrscheinlich gar nicht so schlecht ist, klar, aber da stand noch anderes Zeugs, was sich ekelhaft anhörte, und wenn ich ehrlich bin, muss ich das ja mal gar nicht haben. Hauptsächlich heißt das, sie wird grauer und launenhafter, bekommt knackende Gelenke und Hitzewallungen und vielleicht sogar einen Buckel. Wenn Mum also eine Affäre möchte, sollte sie sich besser ranhalten, weil sich bald nämlich niemand mehr nach ihr umdrehen wird.

21.10 Uhr

Es kommt noch schlimmer – mir ist eingefallen, dass Amber mich auf andere Gedanken bringen wollte und ich zugestimmt habe, sie dieses Wochenende zu einer Demonstration gegen eine neue Umgehungsstraße oder Autobahn oder die Rodung eines Waldes oder sonst irgendwas zu begleiten. Ich habe vergessen, was. Auf jeden Fall habe ich sowieso nur zugesagt, damit ich in der Schule jedem davon erzählen kann und Damian mitbekommt, dass ich mich für den Rest der Welt interessiere und viel intellektueller als Treasure bin. Aber mal ehrlich – selbst ein *Mars*-Riegel ist intellektueller als Treasure.

Dienstag

8 Uhr

Rick füttert Phoebe zum Frühstück mit Rosinen und erzählt ihr, es wären tote Fliegen. »Mjam, mjam«, sagt sie und schiebt sich noch ein paar in den Mund. Seltsames Kind.

Rick mag Phoebe viel lieber als mich. Manchmal küsst er sie sogar auf den Kopf.

»Wer ist deine Lieblingsprinzessin von Disney?«, fragt sie, so wie mindestens 400-mal am Tag. Rick weiß, wie der Hase läuft. Wissen wir alle. Von uns darf niemand Dornröschen nehmen, weil das nämlich Phoebes Lieblingsprinzessin ist, schließlich trägt sie am Ende ein rosa Kleid.

»Schneewittchen«, sagt er.

»Oooh, aber die ist doch ganz SCHEUSSSSLICH«, sagt Phoebe. »Sie hat KURZE HAARE!«

Also bitte, lästern als Dreijährige! Ich sollte sie mal auf Treasure loslassen.

Ich stecke Rick, dass Amber die Theorie vertritt, Mum wäre in den Wechseljahren. Aber er hält sich die Ohren zu, rennt aus dem Zimmer und ruft: »Halt den Mund, halt den Mund, du bist widerlich!«

Jungs sind so kindisch. Kein Wunder, dass all die schwierigen Sachen im Leben an den Frauen hängenbleiben.

18 Uhr

Total langweilig heute in der Schule, außer dass Damian und Sean in Sport im 200-Meter-Lauf Erster und Zweiter geworden sind und Treasure wie eine überdrehte Cheerleaderin auf und ab gehüpft ist. Ich habe mich für sie geschämt. »Treasure, wenn du noch mehr mit deinen Möpsen wackelst, verpasst du dir am Ende zwei blaue Augen«, habe ich gesagt. Die Mädchen haben alle gelacht, aber nur, weil sie eifersüchtig sind – Treasure braucht nämlich schon Körbchengröße B. Gottverdammter Glückspilz.

Als wir Schlagball gespielt haben, habe ich versucht, sie mitten ins Gesicht zu treffen. Stattdessen habe ich den Ball in die Luft geschmettert, Megan hat ihn gefangen, und ich bin ausgeschieden. Ab sofort ist sie auf den Status drittbeste Freundin zurückgestuft.

Donnerstag

Megan ist wieder als zweitbeste Freundin eingesetzt. Sie hatte schon eine Verwarnung, weil sie im letzten Halbjahr in Chemie Helium aus einem Ballon eingeatmet und »Livin' la Vida Loca« in Donald-Duck-Stimme gesungen hat. Heute hat sie sich im Unterricht von Miss Judd dann selbst übertroffen. Sie hat eigentlich nur das Miauen ihrer Katze auf dem Handy aufgenommen und es in ihrem Strumpf versteckt, und immer, wenn sie draufgedrückt hat, hat es sich so angehört, als wäre eine Katze im Klassenzimmer.

Miss Judd hat ihren Blick durchs Zimmer huschen lassen wie ein Erdmännchen und schließlich sogar unter den Tischen und in den Schränken nachgeschaut. »Wenn das ein Streich ist, sitzt ihr ALLE nach«, sagte sie dabei.

Kennt ihr das, wenn man nicht lachen darf und deswegen umso mehr lachen muss? Ich hab zu Damian rüber geguckt. Er hat gezittert und ihm liefen die Tränen runter, aber er hat nicht weggeschaut. Er hat mich angelächelt. Er mag mich wieder. Der Mensch hofft, solange er lebt. Miss Judd sagte, dass sie uns so lang da behält, bis jemand den Streich zugibt. Also hat sich irgendwann Megan gemeldet. »Miss, ich gebe zu, dass das meine Muschi war.« Tja, und damit war’s um mich geschehen – ich lag prustend über dem Tisch und wurde nach draußen geschickt, wo ich mich beruhigen sollte.

Megan gebührt mein tiefer Respekt.

Juli

Freitag

Heute in der Schule hat mich Sean O'Connor gefragt, wie es meinem Hund geht.

»Gut – warum fragst du?«, sage ich. Ich weiß nie, was in seinem Kopf vorgeht.

»Nur so«, murmelt er.

Seltsamer Junge. Er schaut dich nie an, wenn er mit dir redet.

Dann sprudelt es aus ihm raus. »Ich habe jetzt meinen Hund. Mitzy. Ich habe sie schon zwei Wochen. Ihr früherer Besitzer konnte sie sich nicht mehr leisten. Vielleicht können die beiden ja mal zusammen spielen.«

Augenblick mal, Freundchen – ich werde meine Freizeit bestimmt NICHT mit Schüchter-Sean verbringen. »Also, Simon hat den Sommer über eigentlich ein sehr volles Programm«, will ich gerade sagen, als mir dämmert: Das könnte sie sein, die große Chance, auf die ich gewartet habe!

»Klar«, sage ich und wische mit meinem Schuh beiläufig über den Farbfleck auf dem Boden des Kunstraums. »Wir könnten uns im Park treffen. Ich frage Amber, ob sie mitkommt, und du könntest vielleicht …«

»Wen? Wen könnte ich vielleicht?«, sagt Sean ein bisschen zu argwöhnisch für meinen Geschmack.

»Oh, keine Ahnung – ähm … Damian?«, sage ich, als wäre es nur ein Name, der mir aufs Geratewohl einfällt.

Sean sieht ein bisschen verärgert aus und sagt, er glaubt nicht, dass das nach dem »letzten Mal« eine sonderlich gute Idee wäre. Schätze mal, er meint den KV. »Aber ich könnte meinen Cousin Neil mitbringen«, sagt er. »Er mag Hunde und er hat einen Gecko als Haustier.«

Oh, superduper – ein gemeinsamer Tag mit dem ruhigsten Jungen auf Erden und seinem dämlichen eidechsenliebenden Cousin. Mein Glück ist vollkommen. Aber jetzt ist es zu spät. Bevor ich mir noch eine ordentliche Ausrede einfallen lassen kann, habe ich schon zugesagt, dass ich ihn nächste Woche Sonntag treffen werde. Sean kann dieses Wochenende nicht, weil Neil mit irgendeinem Projekt beschäftigt ist. Habe schon wieder vergessen, was es war, weil ich zu diesem Zeitpunkt in unserer Unterhaltung bereits ins Koma gefallen war. Gähn, gähn, gähn.

20 Uhr

Amber übernachtet bei mir, weil morgen ja der Öko-Protest/Marsch/Sitzstreik/oder sonst was ist und mein Dad uns hinfährt. Kann's kaum erwarten. Haha.

Wir sitzen bei mir im Zimmer, essen Eis am Stiel mit Liebesperlen und wollen, dass Deirdre über Zäune springt, die wir aus Streichhölzern gebaut haben. Aber sie ist ein hoffnungsloser Fall. Sie ist viel zu dick und sieht aus wie ein pelziges Fass auf Beinen. Und sie wird garantiert auch nicht schlanker, wenn sie wie verrückt das Liebesperleneis runterschlingt. Sie hält es zwischen den Pfoten wie ein Eichhörnchen seine Nuss.

»Wenn du drei Wünsche frei hättest, was würdest du dir wünschen?«, frage ich Amber.

»Erstens – das Ende der Umweltverschmutzung«, sagt sie. »Zweitens – Weltfrieden.« Und dann, mit der Hand über der Brust (zumindest, was davon vorhanden ist): »Drittens – wahre Liiiiiebe.«

Die dritte Antwort überrascht mich. Ich habe mir schon überlegt, ob Amber vielleicht, na ja, nicht lesbisch, aber vielleicht einfach *nicht interessiert* ist. Als wir zehn waren, haben wir uns versprochen, dass wir auf dieselbe Universität gehen und wenn wir heiraten in derselben Straße wohnen werden, damit wir uns jeden Tag treffen könnten, aber in letzter Zeit habe ich mich gefragt, ob sie wie ein normales Mädchen tickt. Ich versuche, mir meine Überraschung nicht anmerken zu lassen.

»Nur weil ich nicht auf Damian stehe, heißt das noch lange nicht, dass ich keine Jungs mag«, sagt sie beleidigt.

»Wie kannst du NICHT auf Damian stehen?«, sage ich. »Das ist menschenunmöglich.«

»Er ist eingebildet«, sagt sie. »Er checkt ständig sein Spiegelbild im Fenster und wirft seine Haare zurück.« Und dann macht sie jemanden aus einer Shampoowerbung nach.

Ich sage lieber nichts dazu, weil ich auch ständig mein Spiegelbild im Fenster checke. Macht das nicht jeder?

Ein paar von Ricks langhaarigen Freunden sind vorbeigekommen. Ich kann hören, wie sie sich da unten »Bruder« und »Alter« nennen. Mein Dad findet das saukomisch. Sie wollen eine Band gründen und Rick wäre der Schlagzeuger. Sie nennen sich – Achtung, jetzt kommt's – »Überholspur«. Mein Dad hat sich halb totgelacht, als sie ihm das erzählt haben. »Na, wohl eher Überholspur zu Hartz IV«, hat er gesagt und sich vor Lachen in seinem Sessel rumgewälzt.

Phoebe kommt und hat Mums Kosmetiktäschchen dabei, das sie aus ihrem Schlafzimmer geklaut hat. Sie will Amber umstylen. Ich sage ihr, dass Amber sich nicht schminkt und dass sie bitte gehen soll.

»Aber warum denn nicht, Amber?«, fragt Phoebe. »Mit Schminke könntest du hübsch sein.«

Ich glaube, Phoebe muss ins Bett.

23 Uhr

Mum und Dad sitzen vorm Fernseher und lachen. Ich bin in meinem Zimmer. Amber sagt, dass man sich in den Wechseljahren nicht jeden Tag schlecht fühlt und dass in ihrem Buch steht, die Wechseljahre könnten auch eine neue Lebensphase einläuten. Umfasst die neue Phase auch, dass Mum öfter zum Supermarkt geht? *Das* würde mich echt mal interessieren.

Samstag

10 Uhr

Dad fährt uns in unserem peinlichen zweifarbigen Auto zur Demo. »Worum geht es da noch mal?«, fragt er.

»Wir wollen damit unseren Protest gegen die geplante Umgehungsstraße kundtun, Mr Dench«, sagt Amber.

»Was spricht gegen Umgehungsstraßen? Umgehungsstraßen sind gut!«, sagt mein dummer Vater.

»Nein, sie ziehen noch mehr Autos an, deren Abgase zu einer höheren Schadstoffbelastung führen, und eine Umgehungstraße zerstört die Landschaft, Mr Dench«, sagt Amber geduldig, so als würde sie mit einem Lernbehinderten sprechen.

Mein Dad weist uns darauf hin – und da hat er zugegebenermaßen nicht ganz Unrecht –, dass wir uns bitte mal umsehen sollten, dann würde uns vielleicht auffallen, dass wir IN EINEM AUTO zur Demo unterwegs sind. »Ich verstehe die jungen Leute heutzutage nicht«, fährt er fort. »Umweltdemos! Kinder in eurem Alter sollten etwas Sinnvolles tun, zum Beispiel Automaten knacken.« Er scheint das urkomisch zu finden. Amber und ich ersparen uns die Antwort.

Als wir aussteigen, bleibe ich kurz stehen. »Dad?«, frage ich. »Steckt Mum in den Wechseljahren?«

Er starrt mich ungefähr fünf Sekunden lang an. Dann wirft er den Kopf zurück und bricht in Gelächter aus. »Oh, das ist unbezahlbar, wirklich unbezahlbar!«, sagt er. »Das hat mir den Tag gerettet.« Ich glaube echt, meine Eltern werden langsam verrückt.

10.30 Uhr

Ich habe noch nie so viele unattraktive Menschen auf einem Haufen gesehen. Oder so viele mit Gesichtsbehaarung. Und ich rede hier nur von den Frauen. Amber hat dieses Leuchten an sich, wie die Zeugen Jehovahs, die an der Tür klingeln und fragen, ob man gerettet werden will. Ein Junge mit Harry Potter-Brille ist auf einen Baum geklettert und hat ein Banner ausgerollt, auf dem »Die Erde gehört euch. Rettet sie!« steht. Er hat auch ein schreckliches T-Shirt mit folgendem Spruch an: *Ich bin Öko-Optimist und Mülltrennungsfetischist!* Nein, ganz bestimmt nicht, Junge. Du bist eine spindeldürre, doofe Knalltüte.

Amber starrt ihn die ganze Zeit bewundernd an. »Amber, wenn du jemals so ein T-Shirt kaufst, werde ich dir die Freundschaft kündigen«, warne ich sie kurz und bündig.

Dann entdecke ich einen anderen Jungen, der betreten am Fuß des Baumes rumsteht. Es ist Schüchter-Sean. »Hallo«, sagt er ein wenig verlegen.

»Was machst *du* denn hier?«, frage ich erstaunt.

Er schaut Richtung Baum zu dem beknackten Brillenjungen. »Ich bin mit ihm da. Meinem Cousin Neil.« Er meint den Streber im T-Shirt.

Moment mal. Ist *das* der Junge, mit dem ich nächste Woche anstelle von Damian die Hunde ausführen soll? Oh, mein sogenanntes Leben wird ja immer besser.

»Hallo, Neil«, sagen Amber und ich gleichzeitig, und ich zapple unruhig von einem Fuß auf den anderen. *ICH DARF NICHT Streber-Neil sagen, ICH DARF NICHT Streber-Neil sagen,* denke ich die ganze Zeit, weil ich nämlich manchmal leicht Tourette-mäßig drauf bin. Wie sich herausstellt, kommt Neil im September zu uns an die Schule, weil er in seine alte Schule nicht ganz »reingepasst« hat. Aha, er wurde also gemobbt.

Amber ist mittlerweile auch im Baum oben. Inzwischen sitzen acht Leute dort und singen: »Ich habe einen Traum, das ist ein grüner Baum.« Da rollen sich einem die Zehennägel hoch, aber Amber scheint glücklich zu sein.

»Wenn sie Bäume so mögen, warum zerquetschen sie dann gerade einen?«, flüstere ich Sean zu. Er kichert. Ich packe die Gelegenheit beim Schopf. »Wie, ähm, geht es eigentlich Damian so?«

Sean sieht aus, als wäre ihm unbehaglich. »Gut«, sagt er defensiv.

»Ich kann echt nicht glauben, dass er ausgerechnet mit Treasure abhängt«, sage ich so lässig wie möglich.

»Tja, wenn die beiden glücklich sind, dann ist es ja wohl ihre Sache, oder?«, sagt er und schaut mich dabei an, als wäre ich das personifizierte Böse. Reizend. Jetzt steht also auch noch Schüchter-Sean unter Treasures Bann.

12 Uhr mittags

Ich schmolle den Rest des Tages.

Als Ambers Dad uns abholt, ist sie vollkommen aufgedreht und erzählt ihm, dass sie jetzt beim Planungsausschuss des Stadtrats auflaufen wollen (Hallo? Was sind wir eigentlich – Rentner?). Ihr Dad, der sich gerne als eine Art Bob Geldof sieht, ist anscheinend beeindruckt. Ich sitze allein auf der Rückbank, schäume vor Wut und hasse Sean, weil er so nett über Treasure spricht.

15 Uhr

Wir sind bei Amber im Zimmer, essen Hummus, Chips und Grissini. Wenn uns jetzt jemand küssen wollte, würde er an den Knoblauchausdünstungen sterben.

Amber schwärmt noch immer davon, wie sie mit ein paar langweiligen Leuten in einem Baum gesessen hat. Ach, wenn nur jeder so einfach zufriedenzustellen wäre.

Ich erzähle ihr, was Sean gesagt hat, und dass ich deprimiert bin.

Amber legt mir die Hand auf den Rücken, so wie sie es immer gemacht hat, als wir noch klein waren. »Vielleicht solltest du dich wegen Damian nicht immer so aufregen.«

»Was soll das heißen? Ich REGE mich nicht auf«, sage ich.

»Na ja, nicht wiiiiirklich«, sagt sie. »Vielleicht solltest du nicht ganz so …«

»Nicht ganz so WAS?«

»Durchschaubar sein.«

DURCHSCHAUBAR? Ich bin nicht durchschaubar. Ich bin die Meisterin der Subtilität.

»Na ja, du solltest Treasure vielleicht nicht so oft nachahmen und Damian nicht ganz so oft ANSTARREN. Ich glaube, das fällt mittlerweile auf.«

Ich weiß, dass Amber glaubt, sie hilft mir gerade, aber jetzt im Moment würde ich ihr am liebsten eine reinhauen. Das zahle ich ihr eines Tages heim.

Trotzdem übe ich vor dem Spiegel meinen Ich-schau-dich-nicht-mal-an-Gang. Amber findet, ich sähe aus, als hätte mich Ka, die Schlange, hypnotisiert.

Montag

9.30 Uhr

Schule. Zeit, den »Ich schau dich nicht mal an«-Gang in der Realität auszuprobieren. Ooh, ooh, Damian steht mit allen anderen draußen vorm Matheraum. Los geht's. Aber ich starre dermaßen konzentriert auf den Boden, dass ich frontal gegen die Wand laufe. Klatsch. Wenn das ein *Tom und Jerry* Comic wäre, sähe mein Gesicht jetzt so platt aus wie eine Bratpfanne. Mein Geografierordner geht kaputt und die Seiten flattern überall herum.

Ich höre, wie zwei Leute lachen – na, das ist ja mal eine

Überraschung. Das Gekicher kommt von Dumbo-Mick und Treasure.

»Oh, Danni, du bist so ein TOLLPATSCH«, flötet Treasure herablassend. »Manchmal benimmst du dich wie ein Babyelefant.«

Als ich gegen die Wand gelaufen bin, habe ich mir meine Riesennase angehauen, und jetzt fällt mir nicht mal eine gute Antwort ein. Ich sitze einfach nur mit meinem schmerzenden Zinken auf dem Boden und um mich herum liegen Blätter über den Regenwald. Am liebsten würde ich weinen, aber das darf ich auf gar keinen Fall. Wo ist Amber? Das ist alles nur wegen ihres »zu durchschaubar«-Geplappers passiert.

Dann – die Rettung. Ich spüre, wie mich zwei Paar Arme hochziehen. Starke Arme. Es riecht nach Haargel. Das sind Damian und Sean. »Alles in Ordnung?«, fragt Damian, während Treasure zuschaut und mir böse Blicke zuwirft.

In Ordnung? Ich bin im siebten Himmel!

»Deine, ähm, Nase blutet«, sagt Sean und hält mir ein Taschentuch hin. Hoffentlich ist es unbenutzt, ich stopfe es mir nämlich in mein Nasenloch. Damian sagt, dass sie mich wohl besser mal aufs Krankenzimmer bringen. Nein, nein – trag mich, Damian! So wie Mr Darcy aus *Stolz und Vorurteil.*

Treasure, die ganz offensichtlich das Knistern zwischen Damian und mir spürt, schiebt sich dazwischen und sagt: »ICH werde sie bringen.«

Verpiss dich, Treasure. Ich ignoriere sie und sehe Damian die ganze Zeit bittend an. Ich überlege, ob ich so tun soll, als würde ich in Damians Armen ohnmächtig, aber dann kommt Amber den Flur entlanggerannt – ihre letzte Stunde hat länger gedauert. Und sie sieht mich, blutüberströmt, und Treasure, die über mir steht. »Was ist passiert?«, schreit sie. »Oh mein Gott, hat sie dich etwa GESCHLAGEN?«

»WER hat hier WEN geschlagen?«, brüllt Mr Ince, unser Mathelehrer. Das wird ja immer besser! Er befiehlt Amber, mit mir zur Krankenschwester zu gehen, und ich kann hören, wie er Treasure zur Seite und in die Mangel nimmt. Sobald Amber und ich im nächsten Flur sind, halte ich sie zurück und fange an zu kichern. »Hat sie dich geschlagen?«, fragt Amber, und der Schreck steht ihr immer noch ins Gesicht geschrieben.

»Nein, ich bin gegen die Wand gelaufen, als ich probiert habe, nicht zu durchschaubar auszusehen«, sage ich, und dann lachen wir uns fast krank, und mir spritzen noch immer kleine Blutstropfen aus der Nase.

Die Schulkrankenschwester macht mich sauber und sagt, dass ich nach Hause kann, wenn ich will, aber ich gehe lieber zurück in die Klasse, damit Damian sieht, wie tapfer und unmädchenhaft ich bin. Als ich zurückkomme, werde ich von allen mit Applaus empfangen – von allen außer Treasure –, und ich verbeuge mich, als würde ich auf der Bühne stehen, aber nicht zu tief, weil mir sonst zu sehr das Blut läuft.

Das war ein sehr erfolgreicher Tag.

Freitag

Letzter Schultag vor den Sommerferien!!!

»Also, liebe Kursteilnehmer«, sagt Mrs Shutterton in Englisch, »ich habe eine Aufgabe für euch. Wer weiß, wie man ›Rhythmisierung‹ schreibt?«

Oooh, und ich hätte da auch noch mal eine Frage an SIE, Mrs Shutterton – wer, um alles in der Welt, muss schon wissen, wie man das Wort ›Rhythmisierung‹ schreibt oder tippt, geschweige denn verwendet? Da könnten Sie genauso gut fragen, wie man ›blutitriollisticalenchortrasirpfgjhkkfarlt‹ schreibt. Erinnert mich daran, dass ich nie Lehrer werde … Was für eine Zeitverschwendung.

Mrs Shutterton hat uns ein Buch mitgegeben, das wir den Sommer über lesen sollen. Und ich dachte, sie versteht was von Sprache. Sie sollte mal die Bedeutung von »Ferien« nachschlagen. Das Buch, das sie uns gegeben hat, heißt

Meine Familie und anderes Getier und ist von Gerald Durell. Amber ist total begeistert, weil es dort um Natur und Geckos und Käfer und solche Sachen geht. Ich bin allerdings nicht begeistert. Meine Familie IST Getier. Ich erlebe dieses Buch Tag für Tag.

Mum holt Rick und mich nach der Schule ab und sagt, dass sie uns zur Feier des letzten Schultags »einen Milchshake ausgibt«. Einen Milchshake. Toll, ist ja kaum zum Aushalten. Wenn Mutter uns damit zeigen will, dass sie eine gute Erziehungsberechtigte ist, bekommt sie null von zehn Punkten. »Ich wollte nur ein wenig Zeit mit meinem großen Jungen und meinem großen Mädchen verbringen«, sagt sie mit feuchten Augen. Daran sind bestimmt wieder ihre Hormone schuld. Gib mir Kraft. Rick verzieht das Gesicht, als hätte er heftige Schmerzen, aber in Wahrheit schämt er sich.

Wir sagen unserer Mutter, dass sie uns auf eine Pizza einladen darf, wenn sie uns nie mehr ihr GROSSER JUNGE UND GROSSES MÄDCHEN nennt.

Sonntag

Würg. Heute ist der Tag, an dem ich mein Versprechen einlösen muss, Schüchter-Sean und Streber-Neil im Park zu treffen. Komme ich aus der Nummer noch irgendwie raus?

Ich könnte sagen, Simon hat die Hundeschweinegrippe und darf nicht aus dem Haus, weil er dann vielleicht andere Vierbeiner ansteckt. Aber ich muss ja auf alle Fälle eine Runde mit ihm raus, und bei meinem Glück laufe ich ihnen dabei bestimmt über den Weg und stehe als ziemlich üble Lügnerin da. Ich rufe Amber an und erkläre ihr, dass sie sich mit Streber-Neil unterhalten und ihn mir vom Leib halten soll. »Kein Problem«, sagt sie überraschend fröhlich. Ich schicke Schüchter-Sean eine Nachricht und wir verabreden uns am Gedenkstein im Park.

14 Uhr

Amber hat ihren Fotoapparat mitgebracht, weil sie ein paar »Naturbilder« machen will. Mal im Ernst. Seht ihr, mit was ich es zu tun habe? Manchmal kann ich echt nicht glauben, dass wir befreundet sind. Wir haben absolut keine Gemeinsamkeiten.

15 Uhr

Wir gehen zum Park. Simon zieht die ganze Zeit an der Leine wie eine Rakete. Was sehr würdelos für mich ist – das Ganze kommt nämlich rüber, als würde ich auf dem Gehweg Wasserski fahren. Sean hat Armeehosen an und sieht nicht ganz so komisch aus wie sonst. Was ich über seinen Cousin allerdings nicht sagen kann. Er ist angezogen wie mein Dad, wenn er in den Baumarkt will: kariertes Hemd und Cordhose. Seine Frisur ist wie die von unserem Milchmann, der mindestens schon fünfzig ist. Aber immerhin hat er heute eine andere Brille auf und sieht nicht aus wie irgendein Nachrichtensprecher. Und wenn man jetzt mal kurz vergisst, dass er ein rekordverdächtiger Streber ist, hat er immerhin ein nettes, freundliches Gesicht.

15.30 Uhr

Neil findet Simon »spitzenmäßig« und meint, dass er in einem Werbefilm mitspielen sollte, weil er so süß ist. Habe ich nicht gesagt, dass dieser Junge auch seine guten Seiten hat? Aber er ist nur ein sehr schlechter Ersatz für Damian, der heute ja eigentlich hier sein sollte. Ich verstehe echt nicht, warum Sean ihn nicht mir zuliebe mitgebracht hat. Ich erlaube ja auch ihm zuliebe, dass mein Hund sich mit seinem anfreundet, oder etwa nicht? Aaah, die beiden Racker, das scheint ja echt eine Hundeliebe zu werden – sie schnüffeln sich gegenseitig am Hintern und rollen knurrend und mit aufgerissenen Mäulern herum. Sean sieht ein bisschen besorgt aus.

»Keine Angst!«, sage ich ganz hoheitsvoll und hundeflüsterermäßig. »Man nennt das Spielbeißen und es ist ganz normal.« Sean schaut mich mit großen Augen beeindruckt an. Mitzy, sein Collie, ist sehr süß und hübsch, aber natürlich nicht annähernd so hübsch wie Simon.

Amber plaudert mit Strebermeister Neil und verdient sich ein paar Browniepunkte. Er untersucht ihren Fotoapparat und benutzt Wörter wie »Verschlusszeit« und »Auflösung«. Amber täuscht echt überzeugend Interesse vor. Wäre hätte gedacht, dass sie so eine gute Schauspielerin ist?

16 Uhr

Nur um Konversation zu betreiben und weil ich hoffe, dass er es Damian gegenüber erwähnt, erzähle ich Sean, dass ich jetzt Vegetarierin bin. Er sieht wieder beeindruckt aus. Oder vielleicht eher: Er schaut mich zur Abwechslung mal an. Habe ich einen Popel an meiner Nase?

17 Uhr

Oh Gott. Hätte ich doch bloß nichts über die Vegetariersache erzählt. Neil, der seit seinem fünften Lebensjahr »nichts mit einem Gesicht« isst, hat mir angeboten, ein paar Broschüren vorbeizubringen. Er will, dass ich Mitglied der *Vereinigten Vegetarier*, beim *Verein zum Schutz landwirt-*

schaftlicher Nutztiere und noch bei allen möglichen anderen Sachen werde, wozu ich bei meinem Terminplan garantiert keine Zeit habe. Ich habe nichts gegen Prinzipien – aber sie sollen bitte schön nicht in meine Freizeit eindringen. Amber sagt, dass sie die Broschüren gerne sehen würde. Gut. Damit hätte ich ihn vom Hals.

»Wo steckt Damian eigentlich?«, frage ich Sean so beiläufig wie möglich.

»Der ist mit seiner Familie nach Frankreich gefahren«, sagt Sean. Oh, nein – er wird braungebrannt aus dem Urlaub kommen und noch besser aussehen als sonst.

»Aber wann ist er wieder da, wann ist er wieder da?«, kreische ich (gar nicht mehr beiläufig).

»Woher soll *ich* das denn wissen?«, fragt Sean. Also ehrlich, der ist aber auch empfindlich.

Montag

11 Uhr

Aaah, schön ausschlafen. Und nach meinen Traumata habe ich das ja wohl auch verdient.

Na ja, gestern war eigentlich gar nicht so schlecht. Die Hunde hatten ihren Spaß. Nicht, dass ich das jemals wiederholen will.

Bekomme gerade eine Nachricht von Sean, der fragt, ob wir das wiederholen sollen.

»Auf jeden Fall!«, schreibe ich zurück. Warum kann ich einfach nicht Nein sagen?

Phoebe kommt und bindet mir Knetwurstschleifen in die Haare. »Ich habe einen Freund im Kindergarten!«, sagt sie. »Er hat mich geküttst!«

Was stimmt eigentlich nicht mit mir? Sogar meine Babyschwester hat einen Freund und sie kann sich noch nicht mal selbst den Hintern abwischen.

Trotzdem, es ist schön: Simon ist auch bei mir im Bett und hat seine Ugg-Stiefel-Freundin dabei. Die hat er allerdings, was ich einigermaßen ekelig finde, unter meiner Decke begraben. Zurzeit scheint er das alleinige Sorgerecht für die Stiefel zu haben. Sobald es Winter wird und Mum sich daran erinnert, dass *sie* die Stiefel eigentlich ganz gern anzieht, prophezeie ich jetzt schon mal, dass es *chez nous* ziemliches Geschrei geben wird.

Sechs Wochen lang schulfrei. So könnte es ewig weitergehen.

Dienstag

Langweilig, langweilig, langweilig. Ich kann so nicht LEBEN. Niemand sollte so leben müssen. Ich bin nahe dran, Deirdres Käfig sauberzumachen, aber ganz so langweilig ist mir dann doch wieder nicht. Genau so muss es sich für Simon anfühlen, den ganzen Tag zu Hause rumzusitzen und nicht mal den Hundefreunden Nachrichten schicken zu können.

August

Donnerstag

Na danke auch. Nicht, dass es euch aufgefallen wäre, aber Morgen werde ich 13. Hier ein Tipp von mir: Werdet bloß nicht im August geboren. Es ist keine Schule, und alle sind verreist und vergessen deinen Geburtstag, obwohl du das ganze Jahr über zu ihren langweiligen Partys gehst UND ihnen Geschenke mitbringst. Wenn du das Pech hast und neben der Tatsache, im August geboren worden zu sein, AUCH NOCH das Beta-Kind bist – tja, dann findet dein Leben praktisch nicht statt. Wehe, ich bekomme nicht den iPod, den ich mir gewünscht habe.

Freitag

9 Uhr

Ich bin jetzt offiziell ein Teenager! Vielleicht nehmen meine Eltern mich jetzt endlich ernst und behandeln mich wie die intelligente junge Frau, die ich bin.

Gehe runter in die Küche. Mum schlingt ihre Arme um mich.

»Alles, alles Gute zum Geburtstag, mein hübsches kleines Danni-Bärchen!«, sagt sie und drückt mir dabei ein Päckchen in die Hand. Es sind Hausschuhe, die wie riesige Dalmatinerköpfe aussehen. Das ist jetzt hoffentlich ein Scherz.

»Pongo! Perdita!«, sagt Phoebe und reibt zärtlich ihre Wange an den Schuhen.

»Och, magst du sie nicht, Süße?«, fragt Dad und wuschelt mir durch die Haare. Gott sei Dank. Hinter seinem Rücken habe ich ein kleineres Päckchen entdeckt. Ich reiße das goldene Geschenkpapier runter. Oh. Es ist ein MP4 Player. Nicht ganz der Apple, den ich mir gewünscht habe (und der um einiges teurer ist). Ach, sei's drum. Immerhin ist er rosa und ein ziemlich guter. Jetzt bleibt nur noch zu hoffen, dass Treasure sich darüber nicht lustig macht. »Danke! Das ist fast genau, was ich mir gewünscht habe«, sage ich lächelnd.

»Ich kann gar nicht glauben, dass es schon 13 Jahre her ist, dass ich dich rausgepresst habe«, sagt Mum. »Ich hatte noch nie solche Schmerzen.« Ach, Herrgott nochmal, Mutter!

Phoebe klettert auf meinen Schoß. Sie hat mir eine Karte gebastelt. Auf der Karte ist ein Bild von mir (auf dem ich ziemlich fett aussehe), von Phoebe (natürlich als hübsche Prinzessin) und von Simon, und wir sind alle in einem großen Herz. Die Gute. Sie überreicht mir ein knautschig eingepacktes Geschenk. Es ist ein *Toy Story* Teller (gebraucht) und ein *Soft Cake* drin.

Mum sagt, dass ich mir wünschen darf, was ich frühstücken will. Egal was. »Crunchy Nut Cornflakes«, sage ich.

»Oh, tut mir leid – die sind leer«, antwortet meine herzallerliebste Mutter.

Oma kommt. Ich öffne ihr Geschenk. Es ist dasselbe wie jedes Jahr – zwei Fünfer in einer Karte und eine Orangenschokolade. »Oh, ich beneide euch jungen Leute heutzutage wirklich nicht«, sagt sie. »Für alles Geld der Welt wollte ich nicht mehr so jung sein, wenn noch die Qualen und der Kummer des ganzen Lebens vor einem liegen.« Alles Gute zum Geburtstag auch, Danielle.

Rick ist natürlich noch nicht wach, aber Mum sagt, dass ich seine Karte schon aufmachen darf. Vorne drauf steht »Für eine klasse Schwester«, wichtiger aber ist der Inhalt, ein Gutschein für *H&M.*

»Ist das nicht lieb von ihm?«, fragt Mum.

»Mutter – *du* hast doch die Karte und den Gutschein für ihn gekauft, oder?«, frage ich.

»Na ja, kann schon sein«, sagt sie, »aber schau doch mal – er hat unterschrieben!«

Oh, ja – mir kommen gleich die Tränen. Aber die gute Nachricht ist, dass ich 20 Pfund von Tante Karen bekommen habe und nochmal 20 von meiner Patentante, die in Wales wohnt. Nicht schlecht.

Meine Eltern machen aber noch immer um irgendwas

ein Geheimnis – und das ausgerechnet heute. Ich habe mitbekommen, wie Mum vorhin mit Oma geflüstert und etwas von einem Termin erzählt hat, und dass sie und Dad nachher mit dem Auto los müssen und Oma auf Phoebe aufpassen soll.

Vielleicht ziehen wir ja echt nach Schottland. Tja, *ich* nicht. Rick hat auch gesagt, dass er nicht will, weil *Überholspur* ihn braucht, und außerdem wird er bald 16. Dann müssen wir beide bei Oma wohnen und 24 Stunden am Tag über unseren Stuhlgang reden.

14 Uhr

Weil ich keine Party schmeiße – es sind nicht genug Leute da – hat Dad mir noch mal 30 Pfund gegeben, damit ich mit Amber und Megan Pizzaessen gehen kann. Wir treffen uns unter der großen Uhr in der Fußgängerzone. Amber hat mir zwei Ziegen für irgendein afrikanischen Dorf gekauft (seufz), aber auch einen schönen Badeschaum und Seife. Megan hat mir einen *Media Markt* Gutschein geschenkt und einen Lipgloss – der gleiche wie der, den ich mir immer von ihr leihe. Juhu.

Obwohl es ja MEIN Geburtstag ist, sagt Megan, dass sie einen neuen Rock braucht. Gegen einen Einkaufsbummel habe ich nichts einzuwenden: Ich brauche einen »heißen

Sommerlook«, wie es in Mums Zeitschrift heißt. Könnte ja sein, dass ich zufällig Damian begegne.

Wir beschließen, unser Spiel zu spielen. Dafür müssen wir die altmodischsten Kleider anziehen, die wir in den Geschäften finden.

Ich wähle ein scheußliches Blumenkleid mit Glockenrock und Megan entscheidet sich für eine grüne Omacordhose. Dann bekommen wir mit, dass Amber ein bisschen seltsam aus der Wäsche schaut, und uns fällt plötzlich ein, dass sie fast genau die gleiche grüne Cordhose hat. Also legt Megan sie schnell zurück und nimmt stattdessen die erstbeste braune. Amber hat ein abartig langes Tüllkleid ausgesucht, das gut zu einer dementen Disneyprinzessin passen würde.

Dann quetschen wir uns alle zusammen in eine Umkleidekabine. Megan sieht in ihrer Hose wie eine dicke Bauersfrau aus, und Amber sieht – tja – eigentlich ganz hübsch aus. Schräg.

In meinem Kleid sehe ich haargenau wie eine alte Schachtel aus – ziemlich genau wie Miss Pye, unsere miesepetrige stellvertretende Schulleiterin, die bestimmt schon um die 90 ist. Also mache ich sie nach und gehe ein bisschen gebückt. »Mädchen dürfen ihre Röcke NICHT höher als ihre Kniestrümpfe ziehen. Das ist geschmacklos und NICHT DAMENHAFT. Jede, die ihren Rock EINEN ZENTIMETER über dem Knie hat, wird nach Hause geschickt. VER-

STANDEN??« Amber und Megan kriegen sich vor Lachen kaum ein.

Plötzlich wird der Vorhang zurückgezogen. »Kommt ihr hier drin zurecht?«, fragt die Verkäuferin ein wenig misstrauisch.

»Super«, sagen wir.

»Habt ihr vor, irgendwas zu kaufen? Falls nicht, darf ich euch vielleicht daran erinnern, dass andere Leute bereits Schlange stehen.«

»Jawohl, Frau Feldwebel!«, flüstere ich. Amber und Megan müssen schon wieder losprusten und deswegen werden wir gebeten zu gehen. Wo bleibt denn da bitte der Spaß?

Kaufe mir bei *H&M* eine neue Tasche, finde aber nichts »Scharfes« oder »Heißes« zum Anziehen, also gehen wir eben zu Pizza Hut. Danach haben wir noch immer Hunger, also holen wir uns ein paar Tüten Pommes, die wir in der Fußgängerzone essen.

Das war alles in allem ein ganz schöner Tag.

18 Uhr

Amber und Megan kommen später noch mal für eine Geburtstagsübernachtung vorbei. Oma macht uns das Abendessen: Es gibt Würstchen und Pommes, für mich und

Amber Veggie-Würstchen (bäh) und Pommes. Darf man zweimal am Tag Pommes essen?

Mum und Dad sind noch immer unterwegs. Phoebe hat sich eine von Dads Bürokrawatten geklaut und benutzt sie als Zügel, während sie auf Simon herumreitet. »Vorwärts, Samson«, sagt sie. (Samson ist das Pferd vom Prinzen in *Dornröschen.*) Rick hat den Computer in Beschlag genommen, wahrscheinlich lädt er mal wieder Bilder von sich auf Facebook hoch.

»Danke für den *H&M*-Gutschein«, sage ich.

Er schaut mich an und hat keinen Schimmer, wovon ich rede.

Amber und Megan gehen in mein Zimmer und ich husche in die Küche und nehme Oma zur Seite.

»Oma, was ist eigentlich mit Mum und Dad los? Sie flüstern die ganze Zeit, und Mum sieht, tja, ziemlich *hässlich* aus.«

Oma macht plötzlich ein ganz verkniffenes Gesicht. »So was sagt man nicht über seine eigene Mutter! Aber ja, ich weiß, was du meinst. Na, jedenfalls gibt es nichts, worüber du dir Sorgen machen musst«, sagt sie.

»Aha! Du weißt also Bescheid«, sage ich und zeige mit meinem Finger auf sie.

»Du kennst mich doch«, sagt sie. »Ich sehe und höre alles, sage aber nix.«

Man kann nicht »nix« sagen, wenn ein Leben davon abhängt, würde ich am liebsten antworten. Stattdessen jammere ich mit einem Zittern in der Stimme: »Also wenn wir nach Schottland ziehen, gehe ich nicht mit. Dann ziehe ich zu dir.«

Sie sieht überrascht aus. »Schottland? Wie kommst du denn *darauf?*«

»Oh, okay, also hat Dad eine Affäre? Lassen sie sich scheiden?«

Oma nimmt mich in die Arme. »Wie kommst du in deinem Alter nur auf solche Ideen?«, sagt sie. Dann sieht sie wieder ganz sorgenvoll aus. »Du wirst es früh genug erfahren – lass es mich mal so ausdrücken: Es gibt nichts, was du tun könntest.«

Na toll. Sehr beruhigend, liebe Großmutter.

20 Uhr

Wir lassen meinen neuen Nicht-iPod laufen. Unten klingelt das Telefon. Oma geht ran. Als sie aufgelegt hat, informiert sie uns, dass Mum und Dad ins Kino gegangen sind, weil sie »ein paar schöne Stunden« für sich haben wollen. Wie nett, und das am Geburtstag der eigenen Tochter!

Rick schaut vom Computer hoch und ruft: »Das ist das

entscheidende Date, mit dem sie ihre Ehe retten wollen.« Rick hat offensichtlich mal wieder Mums *Closer* gelesen.

21 Uhr

Wir schauen gerade im Wohnzimmer Fernsehen, als Oma sich für ihre wichtigste Erkundigung bereit macht. Sie fragt nach unseren Päckchen. Wird auch langsam Zeit. Amber und Megan versuchen, sich das Lachen zu verkneifen, prusten aber trotzdem leise vor sich hin. Rick und ich grummeln, dass mit unseren Päckchen alles in Ordnung ist. Außerdem fragt Oma Rick, ob er schon eine feste Freundin hat. Es sagt ihr, dass das keinen was angeht. Das heißt dann wohl nein.

Samstag

Oh, gelobet sei der Herr. Sieht so aus, als würden wir morgen *en famille* zu Omas Wohnwagen nach Wales fahren. Ich fasse mal kurz zusammen: Treasure ist in Italien, Damian ist in Bordeaux, und ich fahre auf einen Campingplatz, wo sie noch immer dieses steinharte Raufasertoilettenpapier benutzen.

Amber sagt, so ein Urlaub wäre besser für unsere Co2-Bilanz als einer in Spanien. Wenn sie nicht bald den Mund hält, schiebe ich ihr meine Bilanz sonst wohin.

Sonntag

Zwei Stunden in einem Scheißauto gefangen, wobei ich *Rolf Zuckowskis schönste Lieblingslieder* hören darf, während Simon im Kofferraum einen rekordverdächtig beißenden Stinkefurz nach dem anderen ablässt. Ah, das ist also das Leben. Rick klinkt sich mit den Kopfhörern auf den Ohren aus.

»Der Hund stinkt«, sagt Dad und öffnet das Fenster. Er soll sich mal nicht so anstellen. Immerhin hat sich Simon seit seinem letzten Bad nur in *einem* toten Vogel und ein bisschen Fuchskacke gewälzt.

18 Uhr

Trinke eine blöde Tasse Tee im »Wohnzimmer«-Bereich des Wohnwagens, während Phoebe ihren Sachen aus dem Mini-Dalmatiner-Koffer in die Küchenregale packt. Oma hat den kleinsten Wohnwagen, den es gibt. Einfach lächerlich, wahrscheinlich wurde er für Liliputaner entworfen. Rick stößt mich an. Mum und Dad sind im »Schlafzimmer«-Bereich und versuchen, sich möglichst leise zu streiten. Sie machen wieder diese »Flüsterschrei«-Sache, was aber echt zwecklos ist, weil die Wände so dünn wie das

Raufasertoilettenpapier sind, mit dem ich mir später garantiert wieder den Hintern abwischen darf.

Ich bin mir ziemlich sicher, dass ich gerade gehört habe, wie Mum »Ich denke einfach, dass sie Bescheid wissen sollten, Dave« gezischt hat.

»Was hat sie gesagt?«, fragt Rick.

»Schhh«, sage ich. »Hör zu.«

»Ich finde es zu früh«, sagt Dad. »Wir wissen doch noch nicht, ob alles klappt, oder?«

»Wir können euch HÖÖÖÖREN«, ruft Rick.

Dad streckt den Kopf um die Ecke und lächelt. »Was hören? Wir überlegen gerade nur, wohin wir heute Abend gehen. Also – wer ist für *Bobby Beachball's?*« Inzwischen langweilt mich das Rumgerate.

Bobby Beachball's ist der »Familienunterhaltungstreffpunkt« dieses jämmerlichen Campingplatzes. Oder anders ausgedrückt: Es ist ein Pub, in den die Erwachsenen ihre Kinder mitnehmen und irgendwelche mistigen Darbietungen anschauen lassen können, während sie sich selbst in Ruhe ein paar Biere genehmigen. Rick und ich stöhnen. Dad verspricht Rick »ein ordentlich gemischtes Radler«, was ihn eindeutig aufmuntert. Mann, sein Leben muss noch öder sein als meins.

22 Uhr

Dad ist beschwipst. Er hat sich in die Karaokeliste eingetragen. Für Mum, die kein Schamgefühl kennt, scheint das in Ordnung zu sein, aber für seine drei Kinder, die Frucht seiner Lenden, ist es das nicht. »Bitte nicht, Daddy«, quengelt Phoebe. Rick und ich sind einfach nur empört. Aber es ist zu spät. Er geht auf die Bühne und will »Let Me Entertain You« singen. Wir reden hier von einem 45-Jährigen Mann, der eine Platte bekommt und ernsthaft glaubt, er geht als Robbie Williams durch.

Alle jubeln, nur seine drei Kinder stehen, wie immer, mit versteinerten Mienen da.

Wenn ich erst einmal mit Damian verheiratet bin, werden wir in unseren Ferien garantiert nie auf einen Zeltplatz fahren.

Montag

12 Uhr

In dem Wohnwagen neben uns gibt es ein gemeines, ungefähr fünf Jahre altes Kind. Der Rotzbengel geht andauernd zu Simon, schlägt ihn mit einem Stock und sagt dabei: »Böser Wauwau.«

Am liebsten würde ich das kleine Monster erwürgen, aber stattdessen sage ich: »Du darfst Wauwau nicht hauen. Wauwau wird sonst böse und beißt.«

»Genau!«, sagt Phoebe, die entzückt ist, ein älteres Kind ausschimpfen zu dürfen. »Er beißt deinen KOPF AB.«

Der kleine Jake starrt uns an und rennt weg, aber zwei Minuten später ist er schon wieder mit einem Kescher zurück und sticht Simon damit ins Auge. Simon jault auf und knurrt dann verständlicherweise ein bisschen.

»Tu dem Wauwau nicht weh, du kleines Ungeheuer«, sage ich wütend, schnappe mir sein Angelzeug und zerbreche es »aus Versehen« über meinem Knie.

Das Ungeheuer schreit. Seine Mutter, die Tattoos auf den Armen hat und, um ehrlich zu sein, ein bisschen Furcht einflößend aussieht, kommt rüber.

»Wasnhierlos?«, fragt sie.

»SiehatmeiiiinNe-e-e-e-tzkaputtgemacht«, heult der Satansbraten und zeigt auf den kaputten Kescher. Die Leute in seiner Familie können eindeutig keine Wörter trennen.

»Es ist, ähm, zerbrochen«, sage ich so beiläufig wie möglich. »Er hat den Hund verletzt.«

Die Frau schaut mich böse an und bringt ihren Rotzbengel weg.

Mum ruft mich und Phoebe, damit wir die Teller fürs Mittagessen rausbringen. Fällt euch der Sexismus dabei auf? Sie bittet uns, ihre Töchter, und nicht ihren lieben Sohn Rick.

Als ich die Ameisen von den kleinen Tellern wische, höre ich einen ohrenbetäubenden Schrei.

Draußen hält sich der kleine Teufel seinen Arm und weint, während Simon sich mit hängenden Ohren unter den Wohnwagen geschlichen hat. »ER HAT MICH GEBEISST!«, kreischt das Kind.

Und dann bricht wie in Zeitlupe die Hölle los. Die Eltern des kleinen Monsters kommen angerannt. Mum ruft: »Er blutet! Ist er gegen Tetanus geimpft?« Das kleine Monster sieht, wie das Blut über seinen speckigen Arm tröpfelt, und schreit noch lauter. Ich gebe meinen Senf dazu und sage: »Er ist selbst schuld. Der kleine Rotzbengel hat Simon ins Auge gestochen!«

»Ich rufe die Polizei«, sagt sein Vater und starrt mich wütend an. »Der Hund gehört eingeschläfert.«

»Ihr Rotzbengel gehört eingeschläfert!«, kreische ich außer mir. »Er ist ein Serienmörder in Ausbildung.«

Mum faucht mich total aufgebracht an, dass ich den Mund halten soll, dann geht sie und holt den Erste-Hilfe-Kasten und tupft dem Jungen eine rosa Flüssigkeit auf die Wunde. »Bring Simon hier weg«, zischt sie mir zu. »Geh mit ihm spazieren, schnell.«

Das ist so dermaßen ungerecht.

12.45 Uhr

Als wir an den Klippen entlangspazieren, ist Simon ganz kleinlaut, weil er weiß, dass er etwas Schlimmes angestellt hat. Ich habe vor Angst ganz zittrige Beine. Was, wenn die Polizei Simon mitnimmt? Bestimmt machen sie das nicht, wenn ich erkläre, wie alles passiert ist. Ich habe Phoebe als Zeugin!

13.15 Uhr

Als ich zurückkomme, ist alles ruhig. Ich öffne langsam die Tür. Mum und Dad sitzen wartend an dem klitzekleinen Tisch. Sie sehen grimmig aus. Ich schlucke.

»Ist dir klar, dass das ganz, ganz, GANZ gefährlich war?«, sagt Mum mit beängstigend kontrollierter Wut in der Stimme. »Wir können keinen Hund bei uns wohnen lassen, der Kinder beißt. Ende der Diskussion.«

Ich heule und zetere und sage, dass Simon gequält wurde, aber Mum und Dad verziehen eigenartigerweise keine Miene.

Wie sich herausstellt, ist Dad zum Wohnwagen des kleinen Satansbratens gelaufen und hat die Leute beruhigt. Der Rotzbengel wurde nur ein bisschen in seinen Speckarm gebissen, und der Vater war am Ende gar nicht so wild darauf, die Polizei zu rufen, weil die TÜV-Plakette an seinem Auto abgelaufen ist. Aber wir fahren morgen schon nach Hause, und Mum und Dad wollen, dass Simon in der Hundehütte im Garten schläft, weil er Phoebe beißen könnte. Totaler Blödsinn. Simon würde alles tun, um sie zu beschützen. Er hat sie fast so gern wie seine Ugg-Stiefel Freundin.

»Vergesst es«, sage ich.

»Entweder das oder die Polizei«, sagt Mum. Ich dränge nicht weiter, weil ich zuversichtlich bin, dass sie sich in ein paar Tagen von dem Schreck erholt haben.

Dienstag

Wieder zu Hause. Mum hat nicht gemerkt, dass ich gerade die extrawarme Ersatzsteppdecke in Simons Hundehütte gepackt habe, damit ihm nicht kalt wird. Ha. Geschieht ihr recht. Phoebe hat Vorhänge aus rosafarbenem Krepppapier gemacht und sie in die Hundehütte geklebt, damit Simon es dort schön hat. Wir schniefen beide ein bisschen.

Mitternacht

Es regnet stark. Simon jault. Ich halt das nicht aus. Er versteht nicht, warum er nicht auf meinem Bett liegt. In seinem kleinen Hundekopf denkt er, dass seine eigene Familie ihn verlassen hat. Ich ziehe mir das Kissen über den Kopf. Jetzt hasse ich meine Eltern noch mehr.

Mittwoch

6 Uhr

Phoebe kommt und weckt mich. Sie hat ein Handtuch dabei. »Armer Simon. Er ist nass«, jammert sie.

Wir schleichen nach unten. Simon hat seinen Kopf auf die Pfoten gelegt und schaut unglücklich aus seinem Hundehüttengefängnis. Wir rennen zu ihm, und er ist außer sich vor Erleichterung und winselt glücklich vor sich hin. Wir lassen ihn ins Haus und ich mache eine von Dads Lieblings-Rindfleisch-Nieren-Pasteten auf. Ha! Du wirst für deine Grausamkeit bezahlen, Vater.

9 Uhr

Ich ignoriere Mum und Dad, so gut es geht – nicht, dass ihnen das viel ausmachen würde. Der Kummer des Beta-Kindes ist ihnen egal.

12 Uhr

Nehme Simon und treffe mich mit Amber im Park. Sie ist außer sich, als sie hört, wie Simon behandelt wird, und sie sagt, wir sollten eine »Gerechtigkeit für Simon«-Kampagne starten. Sie hatte über Facebook mit Streber-Neil Kontakt, und der kennt jemanden, der T-Shirts mit allen möglichen Sprüchen drucken lassen kann.

»Mmm, das erklärt den *Ich bin Öko-Optimist und Mülltrennungsfetischist-* Spruch«, sage ich kichernd. »Vielleicht könnte er sich ja noch ein T-Shirt machen lassen mit: *Mir hat ein blinder Metzger die Haare geschnitten.*«

Amber lacht nicht so doll, wie ich gedacht hätte. Gibt es ein Gesetz, dass man keinen Spaß verstehen darf, wenn man sich für die Umwelt engagiert?

14 Uhr

Wir kaufen im Parkcafé Pommes für Simon. Ich glaube, er hat sich wieder ein bisschen erholt, er büxt nämlich kurz aus und pinkelt jemandem an den Weidenpicknickkorb. Amber und ich verstecken uns hinter einem Baum und lachen uns halb kaputt. Dann schleichen wir uns durchs Parktor und Simon rennt uns hinterher. Hurra – ich glaube, die Picknickleute haben nicht gemerkt, dass er zu uns gehört.

23 Uhr

Simon sitzt wieder in seiner Hundehütte und jault laut. »Schnauze, Köter!«, schreit Dad. Jetzt jault er nur noch mehr. Ich halte das nicht aus und presse mir mein Kissen auf die Ohren.

Phoebe kommt und kriecht zu mir ins Bett. Sie hat ein buntes Bild von Mum und Dad im Gefängnis gemalt. »Böse Mummy und Daddy«, sagt sie.

Braves Mädchen, du hast es kapiert.

Donnerstag

Fortschritt. Mum sagt, dass Simon in der Küche schlafen darf, weil die Nachbarn sich beschwert haben, dass er sie mit seinem Gejaule um den Schlaf bringt.

Sie knickt ein. Bis zum Wochenende liegt er wieder in meinem Bett.

Freitag

Megan hat mir eine Nachricht geschickt. Sie hat Treasure gesehen, als sie mit ihrer Mum einkaufen war. Offenbar ist sie von Sizilien zurück und umwerfend braun. Sie hat sich auch die Haare flechten lassen und auf dem Arm hat sie ein

Henna-Tattoo. Was eigentlich gegen die Schulregeln verstößt. Ich werde das melden.

»Hat sie Damian erwähnt?«, frage ich und Übelkeit macht sich in mir breit.

»Nur ungefähr 450-mal«, textet Megan zurück.

Samstag

Habe Simon zu mir ins Bett geschmuggelt. Vielleicht ist die Krise ja vorbei.

Montag

Die Krise ist längst nicht vorbei. Mum hat gerade die Ersatzsteppdecke in Simons Hundehütte gefunden. Sie tickt dermaßen aus, dass sogar Dad meint, sie soll sich beruhigen. »Hier muss sich Einiges ändern, mein Fräulein«, sagt er und hält mir die mit Hundehaaren übersäte Steppdecke unter die Nase.

Rick und zwei seiner schmächtigen Bandkollegen laufen mitten in unser Schreiduell. Rick schaut uns verächtlich an. »'Tschuldigung, Leude«, sagt er zu seinen Freunden. »Meine Familie besteht nur aus Idioten.«

Leude? Was für ein Loser.

Dienstag

Mum hat Phoebe ein Packung Glitzergelstifte gekauft, weil sie im Kindergarten so ein braves Mädchen war. Sie möchte Simon damit umstylen und will, dass Rick und ich ihn festhalten, damit er nicht abhaut. Rick mag nicht, weil er sich gerade fertig gemacht hat und auf seine Verliererfreunde wartet, damit sie loskönnen, um mit ihrer grottigen Band noch mehr grottige Musik zu machen.

Ich weiß, in meinem Pakt mit Gott habe ich geschworen, dass ich Simon nicht mehr umstyle, aber Gott hat ja auch nicht gerade *seinen* Teil der Vereinbarung eingehalten und die Damian-Ware geliefert, oder? Ich lege Simon auf den Rücken, klemme ihn links und rechts zwischen meinen Knien ein und halte seinen Kopf. Während er versucht, sich freizustrampeln, verziert Phoebe seine Schlappohren mit Glitzerfarbe. Genau in diesem Moment klingelt es – also bellt Simon zusätzlich zum Strampeln nun auch noch und Phoebe malt ihn weiter mit Glitzer an. Als ich hochschaue, steht Damian direkt vor mir.

Moment mal – DAMIAN!? In unserem muffigen Wohnzimmer mit dem Kotzteppich?

»Dir macht es doch nichts aus, wenn mein kleiner Bruder mitkommt, oder?«, sagt einer von Ricks Verliererfreunden zu Rick. »Mum kann ihn erst in einer Stunde abholen.«

Heißt das, der Junge, der in den letzten drei Wochen ständig durch unser Haus geschlichen ist, ist Luke, Damians älterer Bruder?? Herrgott noch mal, warum hat Rick DAS DENN NICHT GESAGT!?

Damian schweigt. Er starrt mich einfach nur an, wie ich gegrätscht über einem zappelnden Straßenköter sitze, während eine Vierjährige seine Ohren glitzernd Blau anmalt, »weil er ein Junge ist!«

Dann gehen sie. Ich starre zur Tür - und mein Mund ist zu einem perfekten O geformt.

Wird er Treasure davon erzählen? Das ist jetzt die Frage.

Mittwoch

Ich übernachte heute bei Amber. Nicht zu glauben, aber ihre Eltern lassen sie nur eine Stunde pro Tag fernsehen. Das nenn ich mal eine geraubte Kindheit. Sie haben nur ein Kind, weil sie glauben, dass die Erde sowieso schon überbevölkert ist. Erzähl das mal der Frau am Ende der Straße mit ihren neun Kindern.

Ambers Mum macht gegrilltes Biohühnchen, gedämpften Brokkoli, Biokartoffelbrei und Erbsen. Amber hat vergessen, ihrer Mum zu sagen, dass ich Vegetariern bin, meint aber, dass ich ja vielleicht trotzdem das Hühnchen essen kann, weil es Bio ist und deswegen ein glückliches Leben hatte. Ich glaube, sie hat irgendwie Recht. Zudem bin ich am Verhungern.

20 Uhr

Amber bekommt von Streber-Neil eine Nachricht, in der er sie bittet, mich zu fragen, ob wir uns mal wieder alle treffen wollen.

»Uh, das ist ja schrecklich«, sage ich.

»Was denn?«, fragt Amber.

»Na, ist doch klar – der Strebermeister STEHT auf mich.« Ich seufze.

»Er steht bestimmt nicht auf dich. Sei nicht albern«, sagt Amber ein bisschen beleidigt.

Also bitte – ich kann ja wohl nichts dafür, wenn mich seltsame Jungs unwiderstehlich finden, oder?

September

Donnerstag

12 Uhr

Bin in meinem Zimmer, lackiere meine Fußnägel mit *Scarlet Lady* rot und mache mein Gesichtsmuskeltraining, damit ich bestimmt nie Falten bekomme. Dazu muss man unter anderem ein Löwengesicht machen, so wie ein brüllendes Tier, und mit weit aufgerissenen Augen die Zunge bis zum Kinn strecken. Wenn Damian mich jetzt sehen könnte, würde er mich garantiert nie heiraten.

13 Uhr

Noch vier Tage, dann geht die Schule wieder los. Schätze mal, dass ich langsam mit meiner Lektüre von *Meine Familie und anderes Getier* anfangen sollte.

13.05 Uhr

Wenn ich es mir genau überlege, könnte ich Amber fragen, um was es geht. Vielgefragte Menschen wie ich haben einfach keine Zeit für Bücher.

Wenn ich an die Schule denke, wird mir schlecht. Jetzt beginnt wieder die seelische Folter. Und dann hat Mum mir noch ein paar scheußliche neue Schulfaltenröcke bei *REAL* gekauft. Wetten, dass Treasures Schulröcke nicht von *REAL* sind? Bestimmt sind sie von *Esprit* oder *Zara* oder am Ende sogar noch von *Gucci.*

13.30 Uhr

Das Haus ist gespenstisch still. Rick hat Simon mitgenommen und Phoebe ist bei Oma. Wartet mal, was ist das für ein Geräusch? Das sind Mum und Dad. Sie flüstern! Ich lausche an der Schlafzimmertür. Was sagt Dad da? Irgendwas über einen Krankenhaustermin? *Wer* muss ins Krankenhaus? »Morgen um zwei«, sagt Mum. »Ich habe Angst, Dave.« Dann wimmert sie wie ein Kind, während Dad sie *sch!, sch!* beruhigt.

Oh mein Gott, sie ist krank. Sie ist wirklich krank. Und ich bin schuld. Der Stress, den sie als meine Mutter aushalten muss, bringt sie um.

Vielleicht hat sie Alzheimer. Oder Krebs. Oh Gott, ist es Krebs? Ich werfe mich aufs Bett und habe einen Felsbrocken im Hals. Ich liebe sie doch, auch wenn ich nur ihr drittliebstes Kind bin und sie nie einkaufen geht. Ohne sie kämen wir hier gar nicht zurecht. Dad weiß nicht mal, wie man eine Toilette sauber bekommt. Oder wie man die Waschmaschine anstellt (die, ganz nebenbei gesagt, seit drei Wochen kaputt ist).

Ich höre Mum im Bad schniefen. Ich gehe rein und umarme sie, jetzt weint sie aus irgendeinem Grund sogar noch mehr. Mein Herz schlägt richtig schnell. Die ganze Sache ist beängstigend.

»Schon in Ordnung, Liebes, ich fühle mich gerade nicht so gut«, sagt Mum.

»Nicht so gut wegen ... Krebs?«, platze ich heraus und fange an zu heulen.

Mum sieht erstaunt aus, dann traurig, dann ein bisschen belämmert. »Ist es das, was du all die Wochen über gedacht hast?«, fragt sie und drückt mich. »Mein armes Lämmchen.«

(Na ja, nicht ganz, Mutter. Zuerst habe ich gedacht, Dad geht fremd, und dann, dass du fremdgehst, und dann, dass wir nach Schottland ziehen, und an Krebs denke ich erst seit gerade eben, aber ich werde dein Mitgefühl ausnutzen, so lange es geht.) Also nicke ich bloß stumm und schaue sie aus großen roten Augen an.

»Nein, glaub mir, ich habe kein Krebs«, sagt sie. »Dave, wir müssen endlich mit den Kindern reden«, ruft sie dann in Richtung Schlafzimmer. »Aber frühestens morgen.«

Morgen? Na, großartig. Dehnt die Tortur ruhig noch aus, Leute.

Trotzdem, sie hat kein Krebs. Hurra! Ich werde nichts mehr als selbstverständlich betrachten. Ich werde mich ändern. Weil ich meine Mum total lieb habe.

Freitag

15 Uhr

Darf ich hier mal sagen, dass ich meine Mum total hasse!?

Sie ist eine Schande.

Von uns mag keiner sie anschauen, außer Dad, der ihr stolz den Bauch tätschelt und »Gut eingelocht, was?«, sagt. Was auch immer das heißen soll.

Sie haben uns zusammengetrommelt – Rick, Phoebe und mich – und dann haben sie nervös verkündet: »Wir haben eine sehr, ähm, große Neuigkeit für euch.«

Meine Mutter, 44 Jahre alt – also fast schon Rentnerin – IST SCHWANGER. Schon wieder! Ist das zu glauben? Wenn sie dieses Kind bekommt, wird sie 103 sein. Sie wird auf der Titelseite aller Zeitungen stehen, und in unserem Garten werden Fernsehteams zelten, weil sie eine Geschichte über die älteste Mutter Großbritanniens bringen wollen, und dann kommen wir vielleicht in Pflegefamilien, weil unsere Eltern sich ganz offensichtlich nicht unter Kontrolle haben.

Oma ist entsetzt. Gerade hat das Telefon geklingelt und ich bin hin und es war Oma. »Haben sie es euch gesagt? Haben sie es euch gesagt?«, fragt sie. Sie ist sich sicher, dass meine andere Oma genauso entsetzt wäre, wenn sie noch leben würde, aber sie ist ja schon seit sechs Jahren tot, also kümmert sie es wahrscheinlich nicht mehr sonderlich.

Oma findet, mein Dad sollte sich in seinem Alter besser unter Kontrolle haben (genau meine Rede, Großmutter), und sie mag sich gar nicht vorstellen, was sie unten im *One O'Clock Club* sagen werden. Sie sagt, dass wir es uns gar nicht leisten können, noch ein Maul zu stopfen, und sie hofft, dass sie nicht als Babysitterin eingeplant ist. So sehr ich ihr auch zustimme, weiß ich jetzt schon, dass meine Oma über dem Baby glucken wird wie eine Henne. Genau so hat sie es nämlich bei Phoebe gemacht!

Mum ist gestern bei der Ultraschalluntersuchung gewesen, um nachschauen zu lassen, ob mit dem Baby alles in Ordnung ist. In ihrem Alter konnten sie sich da wohl nicht so sicher sein und sie hatte panische Angst. Aber es scheint alles gut zu sein. Ich bin erstaunt, dass das Baby keine drei Köpfe hat. Sie haben uns das Ultraschallbild gezeigt, wo man gerade mal einen weißen Fleck erkennt.

Als Phoebe den gesehen hat, hat sie zu weinen angefangen. »Mummy hat eine NACKTSCHNECKE gegessen«, hat sie geschluchzt. »Schnell, holt den Arzt.«

Das Baby soll im Dezember zur Welt kommen – gerade rechtzeitig, dass es uns allen Weihnachten versaut. Tja, ist das Leben nicht wundervoll?

23 Uhr

Was sollen wir tun? Rick meint, wir sollten so bald wie möglich von zu Hause weg, weil für uns hier bald kein Platz mehr sein und alles wieder nach Babykotze riechen wird. Er ist eine Runde raus, damit er mit *Überholspur* auf andere Gedanken kommt.

Mir macht am meisten Sorgen, was Treasure sagen wird, wenn sie das rausbekommt. Die Flodders haben sich diesmal wirklich selbst übertroffen.

Samstag

Phoebe scheint sich inzwischen auf das Baby zu freuen und hat Mum deswegen ihre ganzen *Baby Annabel* Kleider gegeben. Da hat Mum wie verrückt geheult und Phoebe auf ihren Knien geschaukelt. »Du bist Mamas liebes kleines Baby«, hat sie dabei gesagt.

Genieße es, solange du kannst, Pheebs. Bald gehörst du zum Klub der vernachlässigten Sandwichkinder.

Sonntag

Unglaublich. Mum scheint inzwischen ganz glücklich über ihre Schwangerschaft zu sein. Sie hat buchstäblich kein Schamgefühl. Und Dad singt die ganze Zeit »Isn't she lovely?« und küsst sie vor den Augen seiner angewiderten Kinder. »Was würde ich nur ohne dich tun, Dave?«, sagt Mum daraufhin zu meinem Dad.

»Keine Ahnung«, sagt Rick. »Nicht mit 44 noch geschwängert werden?« Darüber lacht Dad nicht.

Texte Amber und sage ihr, dass wir eine Notfallkonferenz abhalten müssen.

16 Uhr

Ambers Zimmer. Notfallkonferenz

Als ich Amber die Neuigkeiten erzähle, starrt sie mich mit einem Gesicht wie aus meinem Gesichtsmuskeltrainingsbuch an. Sie muss mir schwören, dass sie es niemandem erzählt, nicht mal Megan, die, wenn wir mal ehrlich sind, manchmal eine ganz schöne Tratschtante sein kann. Ich hatte gehofft, Amber würde mir zustimmen, was für egoistische, peinliche Eltern ich habe, aber sie ist mittlerweile offensichtlich zu einer durchgeknallten Vollzeit-Wissenschaftlerin mutiert. »Also, das ist eigentlich ganz schön interessant. Es zeigt nämlich, wie unglaublich die menschliche Biologie ist«, sagt sie.

»WAS?«, sage ich.

»Also, die Fruchtbarkeit nimmt bei Frauen über dreißig rapide ab - und bei Männern auch«, sagt sie. »Sowohl deine Mum als auch dein Dad müssen ganz schön –«

»Schon gut, schon guuuut«, sage ich und halte mir die Ohren zu. Ich habe das Gefühl, dass ich mich gleich übergeben muss. Zu viele Informationen – außer wenn ihr ausgekotzten *Monster Munch* auf euren Schuhen haben wollt.

Ich muss trotzdem allmählich nach Hause. Muss mir noch die Haare mit Mums teurem Shampoo waschen und brauche meinen Schönheitsschlaf, damit ich für Damian gut aussehe. Ich werde mich in dieser Familie ab jetzt nur noch UM MICH kümmern.

Montag

4 Uhr

Kann nicht schlafen. Einerseits bin ich wegen des Babys entsetzt, andererseits wahnsinnig aufgeregt, weil ich Damian wiedersehen werde. Werde meine Teleskop-Wimperntusche auftragen. Wenn er mir dann in die Augen schaut, wird ihm klar werden, für wen sein Herz wirklich schlägt.

5 Uhr

Kann noch immer nicht schlafen. Und weil ich wegen meiner Schlaflosigkeit in Panik gerate, kann ich noch weniger schlafen. Zudem ist Deirdre in ihrem quietschenden Laufrad unterwegs. Schiebe ihren Käfig ins Bad.

7 Uhr

Warum, warum, warum habe ich bloß drei Stunden lang wach gelegen? Jetzt habe ich so riesige Augenringe wie ein Drogenabhängiger und meine Haare sind ein einziges Krähennest. Ich sehe wie diese bekloppte Alte vorm Supermarkt aus, die mit sich selbst spricht und all ihre Kleider übereinander trägt.

7.30 Uhr

Ein gellender Schrei aus dem Bad. Deirdre ist aus dem Käfig abgehauen und hat an Mums Fuß geknabbert, während sie gepinkelt hat. Tja, jetzt hat Deirdre meinem Dad immerhin eine Erfahrung voraus, der, wie wir alle wissen, Mum NOCH NIE beim Pinkeln gesehen hat.

7.45 Uhr

Liege auf meinem Bauch und versuche, Deirdre mit einer Schachtel Rosinen unter der Wanne vorzulocken. Das kann ich jetzt gar nicht gebrauchen. Ich muss SEXY aussehen.

8.10 Uhr

Habe Deirdre endlich eingefangen. Jetzt bin ich zu spät dran.

Zeit zur Schadensbegrenzung. Schleiche ins Bad und sprühe mich mit Mums *Sarah Jessica Parker* Parfüm voll. Es heißt *Lovely*. Das ist ein total dämlicher Name. Und er passt auch nicht ganz. Sie hätten es besser »Nicht schlecht, aber ein bisschen schwer« nennen sollen. Ich besprühe mich großzügig. Es ist ja nicht so, als ob Mum es jemals wieder brauchen würde, da sie die nächsten 100 Jahre sowieso nicht mehr ausgehen wird.

Nehme meine Teleskop-Wimperntusche. Eigentlich soll man sie zwischen jedem Auftragen trocknen lassen, aber es wird schon nichts ausmachen. Gar nicht mal schlecht. Von meinen roten Augen mal abgesehen, die nach roher Leber aussehen.

8.20 Uhr

Phoebe hat sich als Krankenschwester verkleidet und hält ein altes verflecktes Lätzchen gegen Mums Bauch. »Hallo, Baby«, sagt sie, »du daafst das haben.« Sie hat dem Fötus auch schon einen Dosenöffner und ein Spülmaschinentab angeboten.

8.30 Uhr

Treffe Amber und Megan an der Bushaltestelle. Megan war auf Sardinien. Braucht es noch mehr Beweise, dass ich ein benachteiligtes Kind bin?

9 Uhr

Neuer Klassenlehrer fürs neue Schuljahr: Mr Clough. Er mag Bodybuilding und trägt ein kurzärmeliges T-Shirt, damit wir alle seinen Bizeps bewundern können. Ziemlich jämmerlich, das Ganze. Er ist garantiert schon 40. So viel zur Midlife-Crisis. Als Nächstes lässt er sich bestimmt einen Pferdeschwanz wachsen. Er nennt uns alle beim Nachnamen, als wären wir beim Militär. Jemand sollte ihm mal sagen, dass wir nicht 1953 haben – wahrscheinlich das Jahr, in dem er geboren wurde.

Treasure steht in der Ecke und ist von Leuten umringt. Sie verteilt Urlaubsmitbringsel an ihren Schleimerfreundinnen-Zirkel.

Es ist schlimmer als befürchtet. Sie hat noch immer ihr Armband an, aber auch a) eine Bräune zum Neidischwerden, b) brandneue Strähnchen, c) jeweils zwei Ohrlöcher pro Ohr. Warum darf ich meine Ohren nicht wenigstens einmal durchstechen lassen? Mum findet das schlampenhaft, aber sie selbst hat drei Löcher pro Ohr, was ist *sie* denn dann bitteschön? Eine alte Schlampe, *das* ist sie. Treasure sagt extra laut, damit ich es auch bestimmt höre, dass ihr Dad ihr echte Diamantstecker gekauft hat.

»Schockierend, wenn man bedenkt, wie viele hungernde afrikanische Kinder man damit satt bekommen könnte«, sage ich so laut wie möglich zu Amber.

Damian habe ich noch immer nicht gesehen.

10.30 Uhr

Chemie. Meine Beine zittern buchstäblich. Sie sind wie Wackelpudding. Wir warten draußen vor dem Chemielabor. Ich werde ihn jeden Moment sehen. Amber stößt mich mit ihrem spitzen Ellenbogen in die Rippen.

»Au!«, sage ich.

»Da ist er«, zischt sie.

Ich glaube, er ist noch umwerfender, als ich ihn in Erinnerung hatte. Er hat eine verblassende Bräune und seine Nase pellt sich verführerisch. Neben ihm ist Sean, blass und ohne sich verführerisch pellende Nase, aber wenigstens lässt er sich die Haare ein bisschen wachsen, damit er älter als sieben aussieht.

»Alles klar, Danni?«, fragt Damian.

Was? Er hat »Alles klar?« zu mir gesagt! Und er hat meinen Namen gesagt! War das einfach nur höflich oder in die Richtung *Ich-würde-dich-gern-besser-kennenlernen?*

Amber, die mir immer die Stimmung verdirbt, meint, es war eher in die Richtung *Du-blockierst-die-Klassenzimmertür-und-grinst-mich-an-wie-eine-Hyäne-also-kann-ich-dich-ja-schlecht-übersehen.*

Sean hat auch Hallo gesagt, aber das habe ich fast nicht mitbekommen. Er hat Streber-Neil, der ja neu an der Schule ist, im Schlepptau. Amber ist freundlich zu ihm, was nett von ihr ist.

Damian hat auch noch immer sein Armband an. Was eigentlich gegen die Schulregeln verstößt.

Als ich mein großes Federmäppchen aufmache, stelle ich fest, dass mir die Hälfte meiner Filzstifte gestohlen und durch eine WC-Ente ersetzt wurde. Alle lachen sich halb schlapp. Dafür wird Phoebe büßen.

14 Uhr

Würg, Sport. *Die* Gelegenheit, damit Treasure ihre langen braun gebrannten Beine zeigen kann. Wenigstens bin ich bei Spielen viel besser als sie. Wetten, dass sie die Schlagbälle nicht gern fängt, weil dabei ja ihre Nägel abbrechen könnten? Ich gebe nicht auf. Kann's kaum erwarten, bis sie mit Schlagen dran ist. Wäre es falsch, wenn ich ihr aus Versehen die Nase breche?

Überraschung! Treasure versucht, sich vorm Mitmachen zu drücken. Sie erzählt Miss Jeffer, dass sie sich nicht gut fühlt.

»Vielleicht sind deine Ohrlöcher ja entzündet«, schlage ich hilfreich vor.

Treasure funkelt mich böse an. »Ich sag es nicht gern, Danni, aber du hast da offenbar Taranteln auf deinen Augenlidern sitzen«, sagt sie sarkastisch.

Miss Jeffer fixiert mich. »Danni, wie oft muss ich dir eigentlich noch sagen, dass ihr Mädchen in der Schule keine Wimperntusche benutzen dürft. Wie viel hast du überhaupt aufgetragen – das ganze Fläschchen?« Mist, Mist, Mist. Jetzt muss ich sie mir garantiert abschrubben.

14.15 Uhr

Was glaubt ihr, was passiert, wenn man versucht, Wimperntusche mit diesen winzigkleinen Billigseifen, die es in der Schule gibt, zu entfernen? Ich werde es euch sagen: Das Schwarz verschmiert über das ganze Gesicht und die Augen brennen wie sau. Jetzt sehe ich wie ein Wesen aus dem *Thriller*-Video aus (Gott hab Michael Jackson selig). Gerade mal fünf Stunden hier und ich hasse die Schule schon wieder.

15.30 Uhr

Sean, Streber-Neil, Damian und ein anderer Junge, Matt, sind am Schultor und wollen los. Ich bin eine Frau, die ihr Leben in die Hand nehmen muss. Ich werde mich ihnen anschließen, also schnappe ich mir Amber, die zur Abwechslung mal einer Meinung mit mir scheint.

»Hi – schöne Ferien gehabt?«, sage ich mit dem gewinnenden Lächeln, das ich vor dem Spiegel geübt habe (Rick findet allerdings, dass ich damit aussehe, als hätte ich Verstopfung). Damian grummelt ein Ja, Matt sagt nichts, aber Streber-Neil meldet sich begeistert zu Wort. »Hallo, Danni. War toll neulich mit den Hunden im Park. Das können wir doch bald mal wieder alle zusammen machen.«

Oh, neiiiiin. Bei ihm hört sich das an, als würden wir miteinander gehen oder so. Damian wird glauben, dass ich bereits vergeben bin. Sean ist wie immer verlegen.

»Solange du uns nicht den ganzen Tag mit deinem *Rettet die Erde* langweilst«, sage ich mit einem nervösen Lachen. Neils Gesicht sieht auf einmal so zerknittert aus wie ein alter Pulli. Du lieber Himmel, er steht wirklich auf mich. Sean wirft mir einen bösen Blick zu – ach herrje, das war doch nur ein Witz. Warum hat jeder, den ich kenne, null Sinn für Humor?

Und da stolziert auch schon Treasure arschwackelnd aus dem Haupteingang. Sie kommt zu uns und hakt sich bei Damian ein – wie eine Katze, die ihr Revier markiert.

»Ooh, Danni, da wo du versucht hast, die Wimpertusche wegzurubbeln, hast du ganz schwarze Ringe um die Augen!«, sagt sie in ihrer extrahohen Mädchenstimme. »Du siehst aus wie ein Panda. Ein tollpatschiger, kleiner Panda!«

Scheiße, eigentlich wollte ich noch mal aufs Klo und mir ein paar von den Papiertüchern holen, aber ich hab's vergessen. Scheiße, Scheiße.

Ganz ruhig, Danni. »Na ja, wir sind eben alle verschieden, Treasure«, sage ich. »Wenn ich zum Beispiel so aussehen wollte wie du, müsste ich mein Gesicht einfach mit dem Teeröl einreiben, das mein Dad immer für den Gartenzaun nimmt.«

Treasure funkelt mich voller Hass an. Dann lacht sie ihr echt nerviges Zwitscherlachen. »Ach, das winzige Ding vor eurem Haus ist also ein GARTEN, ja? Ich dachte, es wäre ein Schrottplatz. Ein sehr KLEINER Schrottplatz.«

Mir schießen Tränen in die Augen. Warum geht sie immer auf meine Familie los? Warum kann Dad nicht mal das verrostete Fahrrad wegräumen? Ich lästere nie über ihre Mum, obwohl sie aussieht wie eine FUSSBALLER-TUSSI. Wartet nur ab, bis sie das von meiner Mum hört. Ich werde die Schule wechseln müssen.

»Komm schon, sie ist einfach nur gemein«, sagt Amber, zieht mich weg und wirft Treasure einen ihrer übelsten Blicke zu. Damian trottet Treasure wie ein treudoofer Labrador hinterher.

Mittwoch

In der Schule gibt es gerade eine neue Mode, die »Strike« heißt. Dafür schleicht man sich von hinten an jemanden ran, legt links und rechts die Hände neben dessen Mund, zieht die Lippen ganz breit und ruft: »Strike!«.

Wenn man aussieht wie ein Riesensalamander, ist das, um ehrlich zu sein, ein Angriff auf deine Würde. Bei mir haben es natürlich schon fünf Leute gemacht, während unsere heiß geliebte Treasure NOCH NIEMAND angefasst hat. Ich flüstere Speck-Laura Birkdale zu, dass sie einen von meinen Schokoriegeln bekommt, wenn sie Treasure überrascht. Sie macht's! Zwei kostbare Sekunden lang sieht Treasure aus wie ein Forelle. Ich kann Laura Birkdale jetzt gut leiden, obwohl sie echt laut durch den Mund atmet.

»Vorsicht, Laura«, sage ich. »Du brauchst einen Spachtel, um den ganzen Lipgloss wieder von deinen Händen zu bekommen.«

Freitag

So eine Oberkacke. Am Montag machen wir in Erdkunde eine Exkursion, und die Lehrer haben gesagt, dass wir als kleine Extraüberraschung unsere eigenen Klamotten anstatt der Schuluniform anziehen dürfen. Vielen Dank auch. Treasure wird etwas Umwerfendes anhaben, während ich mal wieder wie eine Vogelscheuche aussehen werde, die die Vorjahreskollektion von *REAL* vorführt. Mir bleiben drei Tage für ein praktisches, glamouröses zurück-zur-Natur-Outfit – so in die Richtung von Angelina Jolie –, damit Damian endlich merkt, dass ich die Frau seiner Träume bin.

Samstag

Auftrag fürs Wochenende: Mum überzeugen, dass sie mir neue Klamotten kauft. Das ist das Mindeste, was sie tun kann, wo sie mir ansonsten ja mein Leben versaut. Ich nähere mich ihr in der Küche, wo sie Phoebe gerade ein Rührei serviert. In der Sekunde, als Mum ihr den Rücken zudreht, stopft Phoebe es Simon mit ihrem Kinderlöffel in den Mund und leckt ihn danach ab. Seufz. Was würde Treasure wohl von diesem Flodder-Kurzauftritt halten?

Und so verläuft unsere Unterhaltung:

Ich: Mu-u-u-um, wir machen am Montag eine Erdkundeexkursion. Ich brauche was Neues zum Anziehen.

Mum: Den Teufel brauchst du. Eine alte Cordhose und Gummistiefel. Das haben wir immer angezogen. Nimm die blaue von *C&A*.

Dad (ganz der Witzbold): Deine Großmutter hat bestimmt noch eine knitterfreie Tuchhose, die sie dir leihen kann.

Phoebe, die sich das simonverseuchte Ei über das Gesicht verteilt: Aber nicht die *Teletubbie* Stiefel. Das sind meine!

Ich (panisch und etwas weinerlich): Aber Mum, KEINER kommt in Gummistiefeln. Wir haben nicht 1978. Alle anderen bekommen was Neues zum Anziehen. Und außerdem brauch ich sowieso schon ewig eine neue Jeans. Können wir nicht zu *Zara* gehen, biiiiitte?

Rick kommt sackkratzend ins Zimmer (er ist gerade erst aufgestanden): Wenn ich keine neuen Fußballschuhe haben kann, darf *sie* auch keine neuen Klamotten bekommen. Das ist sonst ungerecht. (Ist Rick sechs?)

Mum: Hier bekommt überhaupt niemand irgendetwas Neues! Ich werde keine neuen Klamotten kaufen, nur damit du damit durch den Matsch stapfst, Danni. Jetzt, wo das neue Baby bald auf der Welt sein wird, haben wir kein Geld übrig.

Ich (noch weinerlicher): Aber *warum* nicht? WIR können doch nichts dafür, dass du schwanger bist. Und überhaupt – seit wann brauchen Babys bitte schön Kaviar und Champagner?

Mum, schuldbewusst: Die Diskussion ist beendet.

Ich renne aus der Küche und schreie: »Ich hasse euch!«, während Simon inzwischen das Ei direkt aus Phoebes Gesicht leckt. In meinem Zimmer schaue ich durch die Lumpensammlung in meinem Kleiderschrank und schwöre, dass ich *meine* Töchter niemals so mies behandeln werde.

Sonntag

Rick und ich schauen uns eine alte Folge von *How I Met Your Mother* an. Wenn Rick nicht mit seinen Kumpeln abhängt, ist er manchmal ganz in Ordnung. Er sagt, Damians Bruder findet, dass Treasure wie eine von diesen Barbies mit aufgespritzten Lippen aussieht. Hahahaha! Ich MAG den Kerl!

Dad kommt und fragt uns, ob wir bowlen gehen wollen. Aha. Sie biedern sich an!

»Nein, danke«, sagt Rick

»Warum nicht?«, fragt Dad.

»Weil ich keine acht mehr bin. Ich mag Fußball, habe aber keine SCHUHE«, sagt Rick und dreht sich zum Fernseher zurück.

Dad sieht betroffen aus. Ha. Das kommt davon, wenn man seine Kinder so vernachlässigt.

14 Uhr

Exkursions-Outfit-Krise verschärft sich. Kann mein Vintage-Blondie-Shirt nicht finden, auf das ich im Notfall zurückgreifen wollte. Werde jetzt Leggins anziehen müssen und ein blödes Ethno-Top, das schlabbert, weil mein Busen nicht groß genug ist.

Texte Amber, was sie morgen anziehen wird. »Eine alte Cordhose und Gummistiefel, was sonst?«, antwortet sie.

Ist Amber eine Rentnerin im Körper einer 13-Jährigen? Erörtere.

Montag

Mein Ethno-Top ist eine Schande. Stecke mir Phoebes *Prinzessin Lillifee* Socken in meinen BH, um den Platz auszufüllen. Habe den schrecklichen Verdacht, dass sie nicht gewaschen sind.

9 Uhr

Wir haben uns alle auf dem Pausenhof vor der Schule versammelt, wo der Bus schon wartet und Mr Firth, der Erdkundelehrer, unsere Anwesenheit kontrolliert. Würg, er hat Freizeitklamotten an und SANDALEN! Gibt es irgendwas Erbärmlicheres, als Lehrer in ihren Wochenend-Klamotten? Miss Judd hat sich doch tatsächlich für eine dreiviertellange rote Hose entschieden, in der ihre Beine wie dicke *KitKat*-Riegel aussehen, und – Moment – sie trägt ein STOFFHAARGUMMI! Sogar Phoebe rümpft die Nase, wenn sie solche Dinger sieht, obwohl sie sich manchmal ein Küchensieb auf den Kopf setzt.

9.05 Uhr

Treasure ist spät dran. Vielleicht ist sie krank. Dann habe ich Damian den ganzen Tag für mich allein! Hurra. Rücke meinen Sockenbusen ein bisschen zurecht.

9.10 Uhr

Treasure, die Hexe, ist da und hat in dem schwarzen BMW ihres Vaters einen großen Auftritt. Sie läuft langsam zum Bus, damit wir alle ihr umwerfendes Outfit bewundern können. Enger weißer Bleistiftrock, rosafarbenes, tief ausgeschnittenes Oberteil, eine WAGENLADUNG voller Schminke und rosafarbene Pumps. Moment Mal – rosafarbene Pumps? Für eine Erdkundeexkursion?

»Sie sieht wie eine Flugbegleiterin aus«, flüstert Megan.

Als Treasure den Bus entlang läuft, sagen wir alle gleichzeitig »Die Notausgänge befinden sich vorne, hinten und an den Seiten«. Die Lehrer sind zu sehr mit dem Abhaken der Teilnehmerliste beschäftigt und registrieren ihr Outfit gar nicht.

Damian hat ihr einen Platz freigehalten. Gebt mir die Kotztüte. Amber sagt, er sei »metrosexuell«. Ich lache aufgesetzt, obwohl ich nicht weiß, was das heißt.

9.45 Uhr

Mr Firth erklärt uns lang und breit, dass wir uns benehmen sollen, sobald wir bei diesen langweiligen Felsen, oder wohin wir auch immer fahren, angekommen sind. »Benehmt euch wie Erwachsene« – ja, schon kapiert. »Ihr vertretet die Schule …« Bla, bla, bla … Beeil dich, Firthy, ein paar von uns müssen mal.

10.30 Uhr

Es nieselt leicht und wir stehen auf einer Weide voller Kuhfladen. Und was genau lernen wir hier? Treasures Rock ist so eng, dass sie kaum laufen kann und an Damians Arm geklammert voranstöckelt.

»Sieht aus, als hätte sie einen Bandwurm«, flüstert Amber. Sean hört den Kommentar und wir kichern alle. Als Treasure so über die Weide hoppelt, bekommt Miss Judd ihr Outfit endlich auf den Schirm – und flippt total aus. »Treasure, wir haben euch in dem Brief ausdrücklich gesagt, dass das eine Schulstunde ist und keine Modenschau. Warum hast du nicht wie alle anderen flache Schuhe angezogen?«

»Zusammen mit einem Bleistiftrock? Sie machen wohl Witze!«, sagt Treasure und wirft schnell einen Blick in den Taschenspiegel.

Und dann passiert etwas Großartiges. Miss Judd läuft zurück zum Bus und kommt mit einer dreckigen Trainingshose und schrecklich gammelig aussehenden schwarzen Gummistiefeln aus der Fundsachenkiste zurück. Sie befiehlt Treasure, hinter einen Busch zu gehen und sich dort umzuziehen.

Oh, ich liebe Exkursionen!

»A-a-aber ich kann die nicht anziehen, Miss«, stottert Treasure. »Die sind ungewaschen. Und sie sind WIDERLICH!« Aber Miss Judd sagt, entweder das oder ab alleine in den Bus und Aufgaben machen. Also stapft Treasure zum Busch und macht dabei ein Gesicht wie ein begossener Pudel.

»Ist das der neueste Trend, Treasure?«, sage ich, als sie wiederkommt. »Der Stadtstreicherinnen-Chic?«

»Mmm, ja, die Fundsachenkleider sind aber auch echt hässlich«, sagt Treasure bissig. »Sicher, dass es nicht DEINE sind, Danni? Ach nein, stimmt – kann ja nicht sein. Sonst wären sie voller Hundehaare.«

Ich hasse sie.

Mittagszeit
Schulprügelei

Nachdem wir Regenwasser untersucht (gähn) und unsere mitgebrachten Brote gegessen haben (wobei wir möglichst nicht auf die Kuhfladen geschaut haben), gehen wir zum nächstgelegenen Dorf, wo Mr Firth uns eine halbe Stunde frei gibt, damit wir uns die Geschäfte anschauen können. Irre. Da wären ein Handarbeitsladen, ein Second-Hand-Buchladen, zwei Geschäfte, die nur Regenjacken verkaufen, und ein *SPAR*. Alle rennen zum *SPAR*.

Amber, Megan und ich kaufen uns jeweils fünf Gummischlangen und gehen spazieren.

»Ist euch aufgefallen, dass Sean und Neil uns auf der Weide die ganze Zeit angestarrt haben?«, fragt Megan.

»Mmmh. Verrat es niemandem, aber ich glaube, der gute Neil steht auf mich«, sage ich.

»Neeeeeee, oder?«, sagt Megan theatralisch.

»Oh, hast du das nicht gewusst? Die halbe männliche Bevölkerung ist in Danni verliebt«, sagt Amber. Ganz schön dreist von ihr. »Wartet mal – was ist *da* denn los?«

Vor dem *SPAR* hat sich eine kleine Gruppe von Leuten versammelt. Emily Morgan, die es gern hat, wenn es irgendwo ein bisschen Ärger gibt, klatscht in die Hände und kreischt »Schlagt euch! Schlagt euch! Schlagt euch!«

Wir schieben uns durch die Gruppe und Amber atmet erschrocken ein. »Es ist Neil!«, sagt sie.

Was da abgeht, ist wirklich schlimm. In der Mitte des Kreises ist Dumbo-Mick, der sein fettes, pickeliges Kinn vorgestreckt hat und Neil schlägt und durch die Gegend schubst. »Na, dann mal los, Eidechsenjunge«, sagt er. »Glaubst wohl, du bist was Besseres, was?«

Neil sieht verängstigt aus und hat eine aufgeplatzte Lippe. Er hat mitbekommen, wie Mick im *SPAR* Süßigkeiten klauen wollte, und hat ihm gesagt, dass er sie zurücklegen soll. Dumbo ist wie immer ausgetickt. »Du bist doch bloß ein komischer Langweiler, der mit Eidechsen spielt«, sagt er und drückt Neil gegen die Wand. Der arme verängstigte Neil versucht, sein Gesicht zu schützen.

Amber und ich schauen uns entsetzt an. Sollen wir einschreiten? Dumbo ist ungefähr zweimal so schwer wie wir beide zusammen und er würde definitiv auch Mädchen schlagen.

Dann merken wir, wie sich jemand durch die Menge schiebt. Es ist Sean. Gott, ich habe ihn noch nie so wütend gesehen! »Wenn du meinen Cousin noch einmal anfasst, wird dir das leidtun, du Psycho-Kraftprotz«, ruft er.

Dumbo-Mick lacht einfach nur. (Um ehrlich zu sein, ist Sean auch gerade mal halb so schwer wie er.) »Na, dann komm doch, Minipimpf. Das wird sicher lustig.«

Ich drehe mich nach Damian um, der seinem Freund bestimmt gleich beistehen wird, aber er steht ganz hinten mit Treasure und TRÄGT IHREN MANTEL!

Es geht alles so schnell, dass ich nicht wirklich weiß, was als Nächstes passiert, aber plötzlich fliegt Mick nach hinten und Sean reibt sich die Faust. Mick steht wieder auf und boxt Sean ins Gesicht. Der taumelt zurück, erholt sich aber schnell und rennt Mick einfach gebeugt entgegen und rammt ihm seinen Kopf in den Magen. Dumbo fällt hin, krümmt sich und stöhnt: »Mir wird schlecht.«

Alle feuern Sean an, der bloß seinen Mantel aufhebt und »Geh'n wir, Neil!« sagt.

Die Leute bilden eine Gasse und plötzlich stehen Sean und Neil Damian direkt gegenüber.

»Ich wollte dir grad helfen, Kumpel«, stottert Damian.

»Nein, wolltest du nicht!«, sagt Amber aufgebracht.

»Ich habe keine Hilfe gebraucht«, sagt Sean. »Ich musste ihn nur einmal richtig erwischen.«

Neil windet sich ein bisschen, immerhin hat ihn sein etwas jüngerer Cousin vor der ganzen Stufe gerettet.

»Damian glaubt nicht an Gewalt. Er ist Pazifist«, zwitschert Treasure niemand Bestimmtem zu.

Ich bin im Zweifel ja für den Angeklagten, also für Damian. Es ging alles so schnell. Außerdem sieht er in seiner schwarzen Lederjacke einfach total gut aus.

Und überhaupt sollte Amber es doch eigentlich gutheißen, wenn jemand Pazifist ist. Oder nicht?

20 Uhr

Der *SPAR*-Mann hat sich offiziell bei der Schule beschwert. Dumbo, Sean und Neil müssen eine Woche lang nachsitzen und bekommen einen Brief nach Hause. Amber findet das eine himmelschreiende Ungerechtigkeit und meint, wir sollten so lange den Unterricht boykottieren, bis Sean und Neil die Strafe erlassen wird.

Ja sicher.

Mum kommt rein und sagt, dass ihr die ganze Kleidergeschichte leidtut. Ihr Bauch ist inzwischen riesig. Sie sieht aus, als würde sie zu viele Bohnen essen und hätte deshalb heftige Blähungen.

Phoebe hat sich ein Puppenkissen unter den Pulli geschoben und kreischt: »Ich bekomme ein Baby. Rick wird der Daddy!« Wie bringt man ihr am besten bei, dass dieser Satz in mehrerlei Hinsicht daneben ist?

Dienstag

9 Uhr

Amber ist von dieser Gerechtigkeit-für-Sean-und-Neil-Nummer – oder »GSN«, wie sie es nennt – nicht abzubringen. Oma würde sagen, sie ist dumm wie Bohnenstroh. Wenigstens hat sie kapiert, dass wir am Ende alle von der Schule fliegen, wenn wir den Unterricht boykottieren. Also haben ihre Eltern vorgeschlagen – ja, ihre Hippie-Eltern! –, dass wir stattdessen lieber in einen Hausaufgabenstreik treten sollten. Neil findet die Idee brillant, aber Sean ist das Ganze megapeinlich. Er hasst es, im Mittelpunkt zu stehen.

Amber hat gestern Abend 15 Leuten geschrieben und sie eindringlich darum gebeten, allen anderen zu schreiben und die Nachricht zu verbreiten. Das ist jetzt echt kein Witz – hier kommt ihre Nachricht:

Kameraden, was Neil Wilson und Sean O'Connor am Montag widerfahren ist, ist eine Schande. Die Lehrer hatten kein Recht, sie zu bestrafen, und wir sollten dagegen zu Felde ziehen, dass sie Nachsitzen müssen, und uns darum kümmern, dass die Briefe an die Eltern zurückgezogen werden. Die Vergangenheit lehrt uns, dass wir gegen Ungerechtigkeiten kämpfen müssen. Ich hoffe, ihr seid dabei.

Ich weiß. Sie spinnt.

Mittagszeit

Amber hat wegen der GSN Sache eine Versammlung auf dem Sportplatz hinter der Schule einberufen. Da ist Fremdschämen vorprogrammiert. Wenn sie Glück hat, tauchen zwei Leute auf.

12.30 Uhr

Amber und Megan stapfen um den Sportplatz und ich mit drei Schritten Abstand hinterher. Das wird *so* peinlich. Zudem fängt es zu nieseln an und dann werden meine Haare ganz kraus. »Amber, ich gebe dieser verrückten Idee jetzt noch zwei Minuten und dann …«

Ohmeingott.

Es sind ungefähr DREISSIG Leute aus unserer Stufe da. Einschließlich Dumbo-Mick Tayforth. Wie blöd ist dieser Typ eigentlich?

Amber lächelt.

Neil und Sean, der aussieht, als würde er sich am liebsten auf einen anderen Planeten beamen, sind ganz vorne. Neben ihnen stehen Treasure und Damian. »Du bist die Größte mit deiner Aktion, Amber«, sagt Neil grinsend und stößt mit seiner Faust gegen ihre (würg – Ghettofaustbegrüßungen sind so ätzend. Und er hat noch immer eine Kruste an seiner Lippe).

»Ja, ähm, danke«, sagt Sean, der so aussieht, als würde er viel lieber nachsitzen.

Ich lächle verständnisvoll. Ich will gerade sagen, dass das alles ja ganz nett ist, wir aber wahrscheinlich nichts erreichen, als Damian vortritt und Amber anspricht.

»Nicht schlecht. Das ist echt cool, Amber. Ich werde dich bis zum Schluss unterstützen.«

Schnell. Ich muss jetzt schnell was machen.

»Also, eigentlich war das ja die Idee von uns beiden«, sage ich, während ich einen Schritt nach vorn mache und meinen Arm um Amber lege. »Wir haben uns das gestern Abend in meinem Zimmer ausgedacht, nicht wahr, Amber? HABEN wir doch?«

Amber schaut mich zwar kurz genervt an, nickt aber in Richtung Damian. »Ja, Danni ist TOTAL begeistert von der ganzen Sache.«

Treasure macht ein komisches Gesicht. Ich wünschte, ich hätte einen Fotoapparat dabei.

Damian hat bestimmt ein schlechtes Gewissen, weil er Sean nicht geholfen hat.

Amber hält eine Rede über Ungerechtigkeit, und wie das Böse sich verbreitet, wenn aufrichtige Männer und Frauen nichts dagegen tun.

Himmel, es geht um Nachsitzen, Amber, nicht um den Zweiten Weltkrieg!

15 Uhr

Die Sache kommt in Fahrt. Amber hat schon 50 Unterschriften gesammelt.

Die Lehrer sagen, wenn wir unsere Hausaufgaben nicht machen, müssen wir alle nachsitzen. Ha. Wohl kaum!

16.30 Uhr

Als ich nach Hause komme, ist Mums Hebamme, Wendy, da.

»Der will man im Dunkeln lieber nicht begegnen«, flüstert Rick. »Ich frage mich, wo sie wohl ihren Hexenbesen gelassen hat?«

Für seine Verhältnisse war der Spruch ganz lustig. Sie hat ein Gesicht wie eine Bulldogge mit Zahnschmerzen und mit Mum spricht sie wie mit einer Fünfjährigen.

»Wie geht es Mum denn? Ist Mum müde?«, sagt sie in einem Sing-Sang, als würde meine Mutter sabbernd im Hochstuhl sitzen. »Werden der Herr Sohnemann und das proppere Töchterchen denn mit dem Baby spazieren gehen, wenn es erst einmal da ist, damit Mum sich ein bisschen erholen kann?«

Propper? Unverschämte Kuh. Die hat's nötig.

Komischerweise HASST Simon sie total. Was eigenartig ist, weil er normalerweise jeden mag. Er kam reingesaust wie blöd, hat ihr am Schritt geschnüffelt, sich dann wie ein Löwe auf den Boden gekauert und jedes Mal geknurrt, wenn Wendy Mum anfassen wollte. Wir mussten ihn aussperren. Ich kann ihn jaulen hören. Hab eben mal aus dem Fenster geschaut und gesehen, dass er seinen geliebten Ugg-Stiefel im Garten verbuddeln will. Wahrscheinlich, um sie vor Wendy zu retten.

Ich gehe ins Wohnzimmer. »Ah, und das ist ihre Zweitälteste?«, fragt Hexe Wendy.

»Ja, ich bin Danni, das vernachlässigte Beta-Kind«, sage ich schnippisch.

Sie tätschelt Mums Hand. »Keine Sorge – ältere Geschwister fühlen sich immer bedroht, wenn ein neues Baby ins Nest kommt. Aber das legt sich mit der Zeit.«

Nest? Was sind wir – Wellensittiche?

Die Hebamme wiederum mag Simon auch nicht. Überhaupt nicht. Sie sagt, dass eine Frau in Mums Alter (wenn das Baby kommt, ist sie 45!) bei einer Geburt sowieso schon ein erhöhtes Risiko hat, da braucht sie nicht noch »Hundebakterien« im Haus. Was echt lächerlich ist. Simon wird einmal im Monat shampooniert und gebadet. Wenn ich dran denke.

Als ich das sage, schaut sie mich an, als wäre ich ein bemitleidenswertes kleines Mädchen. »Sonst noch Haustiere?«, fragt sie und leckt sich die Lippen wie Cruella De Vil.

Mein »Nein!« kommt genau gleichzeitig mit Mums »Ja«.

»Deirdre zählt nicht – sie ist in einem Käfig«, sage ich.

»Wer ist Deirdre?«, fragt Hexe Wendy verwundert. Mum sagt es ihr. »Ein Nagetier? Ein Nagetier IN EINEM KÄFIG?«, sagt sie. Also echt, diese Frau ist hysterisch. Sie hat ganz offensichtlich den falschen Beruf. »Nagetiere sind schmutzig«, meint sie noch.

Ja, okay, Deirdre frisst ihre eigene Kacke, manchmal auch direkt vom Hintern weg. Und sie müffelt und pinkelt auf ihre eigenen Apfelstückchen. Aber sie ist *winzig*.

»Nagetiere übertragen die Weil-Krankheit. Daran können Babys sterben«, sagt Wendy mit vor Empörung zitternden Hängebacken.

»Oje«, sagt Mum. »Vielleicht sollte Deirdre dann besser in den Schuppen?«

Nur über meine Leiche.

Donnerstag

Ambers Mum hat ihr geholfen, auf Facebook eine Seite für GSN einzurichten. Es gibt schon 500 Followers! Heute Morgen hat in Englisch NIEMAND seine Hausaufgaben abgegeben, inklusive Dumbo-Mick, aber der macht die sowieso nie, also zählt er nicht. Mrs Shutterton war ganz durcheinander. Sie wusste nicht, was sie machen sollte. Es war genial.

Der Rektor hat Amber zu sich ins Büro gerufen und ihr gesagt, dass sie sich äußerst verantwortungslos benimmt. Amber hat ihm geantwortet, dass es sich um »einen moralischen Kampf« handelt und dass die *Lehrer,* mit Verlaub, verantwortungslos waren, als sie sowohl den Schläger als auch die Opfer bestraft haben. Damian hat Recht – Amber ist ziemlich cool.

Freitag

In unserer Stufe hat keiner die Hausaufgaben für Bio, Geschichte, Erdkunde, Mathe oder Französisch gemacht. Es ist zum Brüllen, was für ein Gesicht die Lehrer machen! Ich hoffe, wir finden für unseren Konflikt so schnell keine Lösung.

Die Lehrer halten eine Krisensitzung ab. Wir bekommen alle Briefe mit nach Hause, in denen wir ermahnt werden, unsere Hausaufgaben zu machen. Ich schmeiße meinen in den Mülleimer.

Sonntag

Danke, Gott, dass es Schwangerschaftshormone gibt. Mum scheint vergessen zu haben, dass sie Deirdre in den Schuppen stecken wollte. Vielleicht ja auch, weil ich ihren Käfig hinter meinem Abfalleimer versteckt habe.

Mums Kugel sieht mittlerweile noch größer aus. Ich schätze, ich muss mich mit dem Gedanken an ein neues Kind vertraut machen. Hoffentlich wird es ein Junge. Und Phoebe wird allmählich auch zu groß, um auf Simon zu reiten. Ja, ich sollte mich erwachsen verhalten und das neue Familienmitglied willkommen heißen, selbst wenn es meine Eltern zu echten LdNs macht – Launen der Natur.

Montag

Ruhm – jedenfalls für manche ...

Der Hausaufgabenboykott ist in der Lokalzeitung!

»Schüler im Hausaufgabenstreik« lautet die Schlagzeile. »Kinder kritisieren ihre Lehrer scharf, weil diese ›unschuldige‹ Mitschüler bestrafen.« Mr Cook hatte den Reporter gebeten, die Schule nicht zu fotografieren, was der aber trotzdem gemacht hat, und sie haben ein paar Sachen von der Facebookseite zitiert und die Briefe an unsere Eltern. Amber und Neil werden als »umweltbewusste Vorkämpfer«, beschrieben, Sean als »loyal«. Null Erwähnung von mir. Vielen Dank auch. Ich bin eine der Organisatoren, wissen Sie. Warum kann die Presse nicht mal irgendetwas richtig darstellen?

Oktober

Mittwoch

!!!

Die Lehrer sind so beunruhigt, dass sie eine Krisenschülerversammlung einberufen. Sie wollen nicht noch mehr schlechte Presse. Mr Cook sagt, dass er »von unserem Gerechtigkeitssinn und unserer sozialen Verantwortung sehr beeindruckt ist« (aha, plötzlich schlägt er einen ganz anderen Ton an!), und wenn wir alle unsere Mathe- und Englischhausaufgaben nachreichen, wird er über den Rest hinwegsehen.

Amber meldet sich. »Was ist mit Seans und Neils Nachsitzen?«

Mr Cook sieht ein bisschen angeschlagen aus. »Nachdem wir die Sache überdacht und noch einmal mit allen Beteiligten gesprochen haben, habe ich entschieden, dass die Bestrafung unverhältnismäßig hart war. Deshalb werde ich sie aufheben. Aber nur, wenn alle ausstehenden Hausaufgaben bis Ende der Woche nachgereicht werden.«

Alle jubeln. Sogar Dumbo-Mick, der noch immer nachsitzen muss. Kann ihm bitte mal jemand erklären, dass er in dieser Geschichte der Bösewicht ist?

Also, wenn Damian jetzt nicht auf mich steht, dann nie.

Freitag

Wendy die Hexe kommt schon wieder vorbei, um nach Mum zu sehen und ihr noch einen Haufen weiterer Fragen zu stellen, damit sie sie bevormunden kann. »Sie haben aber keinen Rohmilchkäse oder rohes Fleisch gegessen, oder?« Ja klar, Wendy-Liebes, die meiste Zeit ernähren wir uns hier von roher Leber.

Rick bietet an, dass er mit Simon spazieren geht, damit er »der bösen Hexe aus dem Weg« ist. Rick wird mir von Tag zu Tag sympathischer.

Wendy erzählt Mum von einem Jack Russell, der versucht hat, ein Neugeborenes aus seinem Kinderbett zu ziehen und es zu fressen. Ich glaube, die Frau braucht echt Hilfe.

Samstag

November

Ambers Mum und Dad haben ihr erlaubt, eine kleine Party zu schmeißen, um den GSN-Erfolg zu feiern. Und Damian kommt! Treasure leider auch.

Ziehe meinen Jeansminirock und meine roten Converse an, obwohl die mir schon ein bisschen zu klein sind. Und mein *Lady Scarlet* Nagellack darf natürlich auch nicht fehlen. Als Megan und ich helfen, Knabberzeug in Schüsseln zu verteilen, ist Amber ein bisschen aufgedreht. Sie hat ein T-Shirt mit einem Eisbären und irgendeine seltsame orangefarbene Hose an. Ich sage nichts dazu. Das ist in dem Fall am besten.

Es klingelt. Ambers Mum öffnet die Tür, und ich höre, wie sie »Ah, das ist also der berühmte Nick mit Sean. Hallo – und hallo, Damian und, oh, Treasure? Was für ein ungewöhnlicher Name« sagt.

Es sind noch ungefähr zehn andere Leute aus unserer Stufe da, aber die nehme ich gar nicht richtig wahr, weil meine Beine wieder wie Wackelpudding sind. Damian sieht UMWERFEND aus, so gut wie noch nie. Er hat eine Jeansjacke an, die seine Augen ganz blau aussehen lässt. Amber stupst mich an. »Klappe zu«, zischt sie. »Es zieht.«

21.30 Uhr

Wir trinken Cola und chillen und albern rum, und Neil erzählt uns, dass Dumbo sich tatsächlich bei ihm entschuldigt hat. Treasure, die es nicht abkann, wenn sie nicht im Mittelpunkt steht, quatscht mit einem eigenartigen Funkeln in den Augen dazwischen.

»Sag mal, Danni, meine Mum hat deine Mum im Supermarkt gesehen«, sagt sie in ihrer gehässigen Sing-Sang-Stimme. »Du hast ja gar nicht erzählt, dass sie SCHWANGER ist. Das ist ja echt KOMISCH. Sie ist doch schon uralt!«

»Nur damit du es weißt, sie ist nicht *uralt,* Treasure«, sage ich, und wie immer, wenn sie meine Familie attackiert, wird meine Stimme ein bisschen zittrig. »Es gibt massenhaft Frauen, die in ihren Vierzigern noch Kinder bekommen. Schau dir doch nur mal, ähm, Madonna an.«

»Ah, ja – Madonna und Mrs Dench. Die beiden haben ja soooooo viel gemeinsam. Habt ihr bei euch zu Hause überhaupt noch Platz für eine weitere Person? Oder muss Baby Flodder im Hundekorb schlafen?«

Mir juckt es in den Fingern, und ich antworte besser nichts, bevor ich es am Ende nur zittrig rausbekomme.

Treasure redet noch immer. »Mein Dad sagt, ihr vermehrt euch wie die Karnickel.«

»Jetzt reicht's, Treasure, du bist echt ein Miststück«, schaltet Amber sich ein.

Alle hören zu reden auf und glotzen.

Treasure ist außer sich. Sie schaut Amber langsam von oben bis unten an. »Lieber ein Miststück als so auszusehen, als wäre man durch die Altkleidersammlung geschleift worden.«

Bevor ich darüber nachdenke, springe ich nach vorn und zerre ungelogen wie eine Fünfjährige an Treasures Haaren. »UNTERSTEH dich, so mit meiner besten Freundin zu reden!«, schreie ich. Treasure hält meine Arme fest und schubst mich Richtung Sofa, und irgendwie purzeln wir als großes Knäuel darauf und kreischen und zerren uns an den Haaren wie in einem *Tom und Jerry* Zeichentrickfilm.

Ambers Mum kommt reingerannt und will wissen, was hier los ist. Sie traut ihren Augen nicht – sie sagt, dass sie sehr enttäuscht von uns ist und die Party jetzt vorbei ist.

Damian zerrt Treasure mit nach draußen und Sean und Neil laufen ihnen hinterher. Neil dreht sich um. »Ich kann es dir echt nicht verübeln, dass du sie geschlagen hast – sie ist einfach nur schrecklich«, flüstert er. Sean grinst nur und zwinkert uns zu. Ach, das ist schon nett von ihnen.

Amber ist peinlich berührt. »Das hättest du nicht machen müssen, Danni«, sagt sie. »Aber – danke.« Und dann drückt sie mich.

Sonntag

Liege im Bett und frage mich, ob ich Treasure morgen gegenübertreten kann. Ertaste etwas Spitzes und Violettes in meinen Haaren. Es ist einer von Treasures Kunstnägeln! Ha – das sind locker mal 30 Öcken von ihrer Mum aus dem Fenster geworfen.

Wartet mal – was ist das denn für ein Gebrüll und Geschrei da draußen? Ist das Simon, der bellt?

Dad kommt die Treppe hochgerannt und hat sein ernstes Gesicht aufgesetzt.

»Was ist denn los, mein liebster Vater? Hat jemand unser Auto geklaut? Das wäre doch mal eine gute Nachricht«, sage ich.

Er ignoriert meinen Kommentar. »Danni, du kommst jetzt sofort mit nach unten«, sagt er.

Ich ziehe mich schnell an und nehme immer zwei Stufen auf einmal. Mum ist im Vorgarten und redet mit Mr Sharples vom Ende der Straße. Mr Sharples sagt, dass die Polizei unterwegs ist.

»Und, ist was gestohlen worden?«, frage ich.

Mum dreht sich mit toternstem Gesicht zu mir. »Danielle,

Mr Sharples sagt, dass Simon seine kleine Tochter, Suzie, gebissen hat. Sie ist mit ihrer Mutter in der Notaufnahme.«

Das ist lächerlich. Simon mag Suzie. Sie ist jünger als Phoebe, und er leckt sie sogar ab, wenn sie ihn an den Ohren zieht.

»Quatsch«, sage ich.

Mr Sharples wird ziemlich sauer. Er sagt, dass er es nicht gesehen hat, aber der olle Mr Robinson mit seiner fetten Katze schon. Anscheinend soll Simon zu Suzie getrottet sein, die im Vorgarten gespielt hat, während ihre Mutter kurz ins Haus gehuscht ist, um ihr was zu trinken zu holen. Suzie hat ihre Hand durch das Tor gestreckt, um Simon zu streicheln, und er hat zugeschnappt. Kann sein, dass ihr Finger genäht werden muss.

Mir ist schlecht. Simon bellt hinterm Haus, wo Mum ihn angebunden hat. Ein Polizeiauto hält an. Mein Kopf dreht sich …

12 Uhr Mittag

Das ist der schrecklichste Tag meines Lebens. Die Polizisten sagen, dass sie noch weitere Nachforschungen anstellen müssen, aber wenn sich die bisherigen Erkenntnisse als wahr herausstellen, müssen sie Simon »unschädlich machen«. Das ist Polizeisprache für einschläfern.

Niemals. Das passiert doch jetzt gerade nicht in echt, oder?

Gehe hinters Haus. Simon schenkt mir sein Hundelächeln und wedelt glücklich mit dem Schwanz. Er hat keine Ahnung, in was für Schwierigkeiten er steckt. Ich setze mich auf den Boden und streichle seine weichen Ohren. Ganz ehrlich, ich glaube nicht, dass ich es ertrage, wenn er eingeschläfert wird. Bevor das passiert, laufe ich mit ihm weg. Ich vergrabe mein Gesicht in sein dichtes braunes Nackenfell und weine wie damals, als ich vier war und Rick meinem Lieblingsspielzeugelefanten den Schwanz abgeschnitten hat.

Diese sadistische Ader hat er von Dad.

Schwarzer Montag

6 Uhr

Simon ist wieder in der Hundehütte und jault. Mum sagt, er ist zu unberechenbar, um ins Haus gelassen zu werden. Ich habe kein bisschen geschlafen.

8 Uhr

Ich gehe runter und sage Mum und Dad (den LdNs), dass ich zu verzweifelt bin, um in die Schule zu gehen. Ausnahmsweise diskutieren sie mal nicht. Texte Amber die schrecklichen Neuigkeiten. Sie verspricht, nach der Schule vorbeizukommen.

10 Uhr

Die Polizei ist wieder da. Suzies Finger musste mit zwei Stichen genäht werden. Sie sagen, da Simon Suzie nicht wirklich angegriffen und vielleicht gedacht hat, sie würde ihn durchs Tor füttern, bestehen sie nicht darauf, ihn einschläfern zu lassen. Ich setze mich schnell hin. Wahrscheinlich aus Erleichterung.

Mum begleitet die Polizisten nach draußen und ich gebe Simon einen dicken Kuss. Die Launen der Natur schauen sich an. »Wir haben nachgedacht«, sagt Mum. »Wenn das Neugeborene erst da ist, können wir Simon einfach nicht bei uns behalten, nicht nach gestern und dem Vorfall in Wales.«

»Aber Simon würde NIE jemanden aus dieser Familie verletzen«, stoße ich wütend hervor.

Mum sieht traurig aus. »Hör mal, Danni, das Risiko sollten wir einfach nicht eingehen. Das wäre weder dem Baby noch Simon gegenüber fair. Vielleicht reagiert er ja eifersüchtig auf das Baby. In der Zeitung stehen ganz schreckliche Geschichten. Wendy sagt, wenn etwas passiert, würden wir uns das nie verzeihen. Und außerdem ist das Haus ja jetzt schon zu klein. Wendy glaubt, und wir sind da einer Meinung mit ihr, dass er zurück ins Tierheim sollte.«

WIE BITTE? Ins Tierheim??!! Und dann in ein neues Zuhause und der Hund von jemand anderem werden? Nein, nein, nein, nein, oh Gott, nein.

Ich *hasse* diese böse, hinterhältige Hexe.

16 Uhr

Amber ist da. Ich habe den ganzen Tag lang geweint und scheine mich in eine menschliche Schnoddermaschine verwandelt zu haben. Ich erzähle ihr alles. Sie nimmt mich in den Arm und sagt: »Mann, das ist echt übel.«

20 Uhr

Mum macht Bratwurst-Sandwiches. Ich esse eins, obwohl ich nicht mit ihr rede und Vegetarierin bin. Was zeigt, wie verzweifelt ich bin.

Dienstag

Ich mache mir so einen Kopf wegen Simon, dass sich mir nicht mal der Magen umdreht, als ich Treasure und Damian händchenhaltend zur Schule laufen sehe.

Amber sagt, dass sie nachgedacht hat und ich mich beruhigen soll. Sie glaubt, dass meine Mum und mein Dad ihre Meinung ändern werden, wenn es mir gelingt, dass Simon sich eine Zeit lang benimmt und keine neuen Katastrophen passieren.

Ja, ich werde einen SOS (Save Our Simon) Plan aushecken. Ich mache aus ihm den bravsten Hund der Welt. Jetzt geht es mir schon ein bisschen besser.

17 Uhr

Mum erzählt mir, dass Dad mit dem Tierheim telefoniert hat. Er wird morgen dort vorbeifahren. Rick ist von den LdNs angewidert und sagt, wenn sie Simon loswerden, will er nichts mehr mit ihnen zu tun haben. »Dieses Baby geht mir langsam auf den Sack!«, sagt er, stürmt raus und schmeißt knallend die Tür hinter sich zu, ohne sein Abendbrot gegessen zu haben.

»Genau, und wenn ihr Simon wegschickt, werde ich auch von zu Hause weggehen, darauf könnt ihr Gift nehmen, und dann müsst ihr euch auch keine Sorgen mehr um genügend Platz im Haus machen«, sage ich.

Die LdNs scheinen meine Drohung nicht wirklich ernst zu nehmen.

Ich weiß jetzt, wie sehr Rick Simon mag. Er hat Mum

nicht mal erzählt, dass Simon kleine Löcher in seine *Kings of Leon* CD gebissen hat.

20 Uhr

Simon hat offenbar Todessehnsucht. Er hat mit seiner gierigen dicken Nase die Schranktür aufgestoßen und eine Schachtel voll *Celebrations*-Schokolade aufgefuttert. Samt Bonbonpapier. Und Pappschachtel. Jetzt hat er über den kompletten Wohnzimmerteppich gereihert, der ohnehin schon zum Kotzen war.

»Je früher dieser Hund wegkommt, desto besser«, sagt Dad.

Ich glaube echt nicht, dass ich jemals wieder glücklich sein werde.

Mittwoch

Kann mich in der Schule den ganzen Tag lang nicht konzentrieren. Ich frage mich, was die Leute im Tierheim Dad erzählen werden. Oh, nein – vielleicht haben sie Simon schon mitgenommen und ich weiß gar nichts davon. Vielleicht ist das Ganze ein abgekartetes Spiel.

15.15 Uhr

Renne so schnell nach Hause, dass ich hinfalle und mir beide Knie aufschlage. Ich öffne das Gartentor. Simon ist noch da! Er sitzt allerdings traurig in seiner Hundehütte. Ich stürze zu ihm und gebe ihm einen Kuss. Er leckt mir das Blut von den Knien. Als ich durch die Küchentür wanke, weine ich vor Erleichterung und weil meine Knie wehtun. Hexe Wendy ist wieder da. Phoebe – die kleine Verräterin – sitzt bei ihr auf dem Schoß.

»Eure Mum hat mir erzählt, dass der Hund ein Kind angegriffen hat«, sagt Wendy und droht mit dem Finger. »Dieser Hund ist eine tickende Zeitbombe.«

Ich würde ihr am liebsten sagen, was für eine fiese fette Hexe sie ist, aber ich habe einen Kloß von der Größe einer Kuh im Hals.

»Puh«, sagt Phoebe, die zu Wendy hochschaut, »dein Atem stinkt.«

Gute alte Phoebe.

Die positive Nachricht ist: Das Tierheim ist total überfüllt. Die schlechte: Dad wird sich mit einem anderen, das 50 Kilometer weit weg ist, in Verbindung setzen.

Freitag

Dad ist mit Mum für eine weitere Ultraschalluntersuchung ins Krankenhaus gefahren (ihre Kugel hat inzwischen Ähnlichkeit mit einem Gymnastikball. Ich glaube nicht, dass sie ihre Schwangerschaftspfunde so schnell wieder los wird – wahrscheinlich hat sie bald die Ausmaße vom Mond). Die beiden kommen mit einem neuen Babybild zurück. Diesmal sieht es aus wie ein Delfin mit Fingern. Mum ist ganz gerührt (wieder) und sagt, dass ich auch mal so ausgesehen habe. Nein, habe ich nicht. Ich habe noch nie wie ein undefinierbarer Fleck ausgesehen.

»Tu doch nicht so, als hättest du mich lieb«, fauche ich sie an. »Du kannst mich gar nicht liebhaben, wenn du MEIN Baby ins Tierheim schickst.«

Könnte ich wirklich von zu Hause abhauen?

Samstag

Mir ist gerade aufgefallen, dass ich diese Woche nicht ein einziges Mal an Damian gedacht habe.

Sonntag

Dad hat sich mit einem Tierheim in der Nachbarstadt in Verbindung gesetzt. Er will es sich morgen anschauen und möchte, dass ich ihn begleite, damit ich mich »wieder beruhige«. Ich sage ihm, dass ich mir lieber die Augen aussteche.

Simon schläft noch immer in der Hundehütte. Amber, Megan und ich legen unser Geld zusammen und kaufen ihm einen riesigen Schweineknochen.

16 Uhr

Oma ist zum Sonntagsessen hier. Mir ist gerade aufgefallen, dass ich seit gestern nichts mehr gegessen habe. Wenn ich abnehme, wirkt meine Nase dann größer oder kleiner?

Armer Simon. Er versteht nicht, warum er in die Hundehütte verbannt wurde. Wie wird es für ihn sein, wenn ihm klar wird, dass wir ihn verlassen haben? Neue Besitzer wissen ja nicht, wo er am liebsten am Bauch gekrault wird oder dass er Angst hat, wenn Hosen an der Wäscheleine flattern, oder dass er in ein Paar Ugg-Stiefel verliebt ist. Ich sitze mit ihm im Hof und weine und weine und weine. Mum schaut aus dem Fenster. Sie hat wenigstens so viel Anstand, schuldbewusst auszusehen. Gut.

Nach einer halben Stunde wische ich mir über die Augen und gehe wieder rein. Meine Großmutter fragt mit großem Einfühlungsvermögen, ob wir »den Hund denn noch immer nicht losgeworden sind.« Ich sage ihr, dass sie die lästigste Siebzigjährige der Welt ist und ob sie nicht allmählich nach Hause muss.

Sie ignoriert mich und sagt stattdessen, wir sollten alle »die Ruhe und den Frieden genießen, bevor das neue Baby kommt.«

Ich schreie, dass hier nie Ruhe und Frieden herrscht, weil sie nie DEN MUND HÄLT!

Dad sagt mir, dass ich nicht frech werden soll, aber es ist offensichtlich, dass er mir eigentlich zustimmt. Nicht, dass ich mit ihm rede.

Montag

8.30 Uhr

Amber sagt, wir müssen einen Plan aushecken, wie wir Simon retten können. Ich erzähle ihr, dass mein Plan aus Abhauen besteht.

»Sei nicht albern, Danni«, sagt sie. »Was glaubst du denn, wer du bist – George aus *Die fünf Freunde*?«

Nein, das glaube ich verdammt noch mal nicht. George

hat fürchterliche kurze Locken und einen schrecklichen Kleidergeschmack.

17 Uhr

Unglück, Katastrophe und Elend. Das Hundeheim hat gesagt, dass sie Simon nehmen können. Ich glaube, ich muss mich gleich übergeben, aber zuerst starre ich Mum und Dad lange und unerbittlich an. »Ich verabscheue euch beide und das für immer und ewig«, sage ich.

»Aber Danni, er hat jetzt schon zwei Kinder gebissen«, sagt Mum. Ich glaube, sie weint gleich.

»Halt deine blöde Klappe!«, schreie ich und renne nach oben ins Bad und schmeiße die Tür zu.

Ich kann hören, wie Rick sagt, dass sie ihn anwidern.

Mir ist schwindelig und Panik breitet sich in mir aus. Dad wird Simon morgen Abend wegbringen – in 24 Stunden.

Mum kommt die Treppe hoch und redet durch die Badezimmertür mit mir. »Vielleicht kannst du ja in ein paar Jahren, wenn das Baby größer ist, einen anderen Hund haben«, sagt sie.

»Ich WILL keinen anderen Hund. Ich will Simon«, heule ich. Ich öffne die Tür, schaue ihr direkt in die Augen und sage langsam und mit voller Absicht: »Aber weißt du, was ich *wirklich* will? Eine andere Mutter.«

Ich stürme aus dem Bad und renne nach unten zu Simons Hundehütte. Es regnet. Dad sammelt Simons Spielsachen ein und packt sie in eine Tüte, sogar die Ugg-Stiefel.

»Simon macht Urlaub«, sagt Phoebe. *Das* haben sie ihr also erzählt. Sie sind einfach nur bösartig.

Ich schnappe mir die Hundeleine und renne mit Simon die Straße runter. Mum steht in der offenen Tür und weint und schreit: »Wo willst du hin?«

»Weg von euch!«, kreische ich.

Wohin soll ich jetzt gehen? Ich habe kein Geld, keinen Mantel und es regnet.

Zu Amber.

Wir rennen den ganzen Weg bis zu ihr. Amber hat uns schon durch das Wohnzimmerfenster entdeckt, wir sehen aus wie zwei ersoffene Rennmäuse. Sie bringt uns auf ihr Zimmer, ohne dass ihr Dad was mitbekommt.

Ich erzähle ihr, von ungefähr einer Millionen Schluchzern unterbrochen, was passiert ist. »Morgen, Amber!«, heule ich. »Sie nehmen ihn mir schon MORGEN weg.«

Amber umarmt mich. Sie ist ruhig geworden, was bedeutet, dass sie nachdenkt. »Warte hier«, sagt sie. »Ich werde ein bisschen rumtelefonieren.«

Zehn Minuten später ist sie zurück.

»So, alles klar«, sagt sie.

»Was?«, plärre ich.

»Sean wird ihn verstecken«, sagt Amber.

Meine beste Freundin ist ein Genie.

Sie hat Neil angerufen, der den Einfall hatte und Sean angerufen hat. Sean hat zugestimmt. Er hat seinem Dad erzählt, dass meine Mum schwanger ist und ihr der Hund momentan zu viel wird, und ob sie aushelfen und Simon eine Zeit lang bei sich aufnehmen könnten. Sein Dad ist einverstanden, solange Simon mit Mitzy in der Waschküche schläft. Ich kann ihn besuchen, sooft ich will.

»Das verschafft uns ein bisschen mehr Zeit für einen richtigen Plan«, sagt Amber.

Ich weine schon wieder, aber diesmal vor Erleichterung. Ich liebe Amber.

Die *Operation Simon* läuft wie folgt:

Ich gehe heute Abend nach Hause, damit niemand Verdacht schöpft. Morgen früh stehe ich um 5 Uhr auf und schleiche mich mit Simon zu Sean. Ich lasse ihn dort, renne dann nach Hause und lege mich wieder ins Bett. Wenn ich »aufwache«, tue ich so, als wäre Simon abgehauen.

Gehe frohlockend nach Hause. Bringe Simon in seine Hütte. Mum und Dad stürzen nach draußen. »Oh, Gott sei Dank – wir wollten gerade die Polizei anrufen«, sagt Mum.

Ich ignoriere beide und stakse nach oben ins Bett.

Dienstag

3 Uhr

Habe meinen Handywecker gestellt, aber was, wenn er nicht klingelt? Beschließe, dass ich wach bleibe, bis um 5 Uhr die Rettungsaktion losgeht.

4.45 Uhr

Stehe auf und bin in fünf Sekunden angezogen. Schleiche nach unten. Eine der Stufen knarrt und Phoebe wälzt sich unruhig im Schlaf. Oh, nein. Wenn sie aufwacht, könnte sie alles kaputtmachen. Halte den Atem an, bis sie wieder ruhig schläft. Es ist dunkel und eisekalt und Simon sitzt übelst zitternd auf seiner Decke. Armer Tropf. »Alles gut, Simon«, flüstere ich. »Gleich siehst du Mitzy wieder.« Ich öffne das Tor und wir rennen und rennen und rennen.

Bis zu Sean sind es eineinhalb Kilometer. Als wir endlich dort sind, keuche ich wie ein Kettenraucher. Sean, der Gute, wartet mit Mitzy an der Gartenmauer. Als die Hunde sich wiedersehen, sind sie ganz aus dem Häuschen, schnüffeln sich gegenseitig am Hintern und drehen sich dabei ewig im Kreis. »Danke, danke«, sage ich ungefähr 20-mal.

»Schon in Ordnung«, sagt Sean und macht wieder sein komisches Ich-schau-dir-nicht-in-die-Augen-Ding. Er zeigt mir, wo Simon schlafen wird – eine schöne warme Waschküche mit Decken auf dem Boden.

Als ich Simon küsse und mich zur Tür drehe, bin ich kurz vorm Heulen. »Oh, eine Sache noch«, sage ich – und gebe Sean die Ugg-Stiefel. Dann renne ich wieder zurück und bin eigenartig aufgeregt.

6 Uhr

Liege wieder im Schlafanzug im Bett und warte, dass Dad aufsteht. Sein Wecker klingelt um 6.15 Uhr, und ich weiß, dass er dann aufsteht, laut pinkelt, runtergeht und die Tür aufmacht, um Simon reinzulassen. Ich zähle in Gedanken rückwärts – fünf, vier, drei, zwei, eins …

»Julie. JULIE!«, ruft er nach oben. »Der Hund ist weg!«

Wie von der Tarantel gestochen springt Mum auf und steht fünf Sekunden später bei mir im Zimmer. Sie will wissen, ob Simon bei mir im Bett ist.

Ich liefere eine ganz gute Vorstellung ab. Ich tue so, als wäre ich gerade erst aufgewacht, und dann täusche ich eine Panikattacke vor, weil Simon weg ist. »Er ist bestimmt weggerannt«, kreische ich. »Das ist alles eure Schuld …«

Mum und Dad steht die Scham ins Gesicht geschrieben.

Das ist großartig! Dad sagt, dass er losgeht und nach ihm sucht. Ha! Versager.

»Wenn er Hunger hat, kommt er bestimmt wieder«, sagt Mum.

Verlass dich nicht drauf, Mutter.

8.30 Uhr

Treffe Amber an der Bushaltestelle. Ich erzähle ihr, dass alles nach Plan gelaufen ist. Ihre Augen leuchten. »Mission erfüllt«, sagt sie.

Sean zwinkert mir in Mathe verschwörerisch zu. Wir haben beschlossen, dass nur wir vier – Amber, Sean, Neil und ich – von unserem Geheimnis wissen dürfen. Damian hat mitbekommen, wie Sean mir zugezwinkert hat, und starrt mich an. Ist er eifersüchtig?

Ooooh, ja, ich glaube, er ist eifersüchtig. Mein Herz macht einen Satz. Vielleicht kann er Treasure nicht mehr leiden!

15.45 Uhr

Sean und Damian stehen an der Bushaltestelle. Ich glaube, Damian will von Sean wissen, was da läuft. Sean versucht, ganz unschuldig auszusehen, und zuckt mit den Schultern, aber er ist ein schlechter Schauspieler – er sieht ziemlich ertappt aus. ICH GEHE DAMIAN ENDLICH UNTER DIE HAUT.

17 Uhr

Mum ist ganz grau im Gesicht, als sie mir sagt, dass Simon nicht zurückgekommen ist. »Tut mir Leid, Liebes«, sagt sie.

Ich versuche, wütend auszusehen, was schwierig ist, weil meine Seele lacht. Damian steht vielleicht auf mich. Er steht vielleicht auf MICH und nicht auf die herumstolzierende Barbie mit aufgespritzten Lippen!

Mum sagt Phoebe, dass Simon schon »im Urlaub« ist.

»Aber ich wollte seinen Koffer packen und ihm meine Schaufel und meinen Eiiiimer mitgeben«, jammert Phoebe.

Mum weint wieder los. Hört diese Frau denn niemals auf?

18 Uhr

Esse allein in meinem Zimmer, hauptsächlich, weil ich Sean texte und mir den Anstarrmoment immer und immer wieder vor Augen führe.

Sean ist mit den Hunden im Park. »Schnüffelspion Simon und Geheimpfote Mitzy haben viel Spaß«, textet er zurück.

Das ist ein echt lahmer Witz. Ich wünschte, er würde das lassen. Und ich hoffe, dass Simon nicht *zu* viel Spaß hat. Er ist noch immer MEIN Hund.

Liege auf dem Bett und denke wieder an das Starren.

Mittwoch

8 Uhr

Dad sagt, dass wir lieber die Polizei über Simons Verschwinden informieren sollten - für den Fall, dass er irgendwo auftaucht.

»Das mache ich!«, lüge ich. »Er ist ja schließlich mein Hund. Ich gehe mit Amber nach der Schule aufs Revier.«

»Ich bin überrascht, wie gut du mit der Sache klarkommst«, meint Dad etwas argwöhnisch. »Gibt es irgendetwas, das du uns verschweigst?«

Traurig, dass mein Vater immer so misstrauisch ist.

10.15 Uhr

Sean kommt in der Pause und erzählt mir flüsternd, dass Simon letzte Nacht ein bisschen gewinselt hat, wahrscheinlich, weil er mich vermisst, also ist er runtergegangen und hat sich zu den Hunden in die Waschküche gesetzt.

Dieser Junge hat das Zeug zum Heiligen.

Damian schaut über den Hof zu uns und hat wieder diesen seltsamen Gesichtsausdruck. Ich kann erkennen, wie Treasure die Stirn runzelt, ihn am Arm zieht und fragt, was los ist.

»Vorsicht, Treasure – vom Stirnrunzeln bekommt man Falten«, rufe ich zuckersüß über den Pausenhof.

Donnerstag

16.30 Uhr

Treffe Sean nach der Schule im Park, damit ich Simon wiedersehen kann. Er ist SO froh, als er mich sieht. Habe ihm und Mitzy jeweils einen großen, saftigen Knochen mitgebracht und Sean als Dankeschön eine CD von *Plan B*. Als ich sie ihm gebe, wird er rot.

Simon und Mitzy sind wie ein altes Hundeehepaar.

Freitag

Habe gezählt, wie viele Male mich Damian heute angestarrt hat: dreimal.

Warum ist es so angenehm, sich einen Bleistift ins Ohr zu stecken? Wenn man erst einmal angefangen hat, kann man nicht mehr aufhören. Kommt schon Kinder, sagt einfach NEIN.

Samstag

Mum und Dad zwingen Phoebe und mich, sie zu *REAL* zu begleiten. Ich revanchiere mich und laufe mit aufgesetzter Kapuze total langsam hinter ihnen her.

»Komm schon, du alte Bummeltante«, sagt Dad. Ich weiß, dass er wegen Simon ein schlechtes Gewissen hat und mich deshalb zum Lachen bringen will. Als wir in der Kleiderabteilung sind, schleicht er sich hinter Mum und zieht ihr eine große Unterhose über den Kopf. Phoebe und Mum kreischen vor Lachen, aber ich sage ihm, dass er endlich mal erwachsen werden soll. Davon abgesehen habe ich ihn das schon 163-mal machen sehen.

An der Kasse weigere ich mich, die Sachen aufs Band zu legen, obwohl Mum ziemlich blass aussieht. Sehr blass sogar. Sie sieht aus wie Königin Elisabeth, die sich das Gesicht immer weiß angemalt hat (das haben wir jedenfalls so in Geschichte gelernt). Wenn Mum dieses Baby bloß nicht bekommen würde.

Plötzlich fängt sie zu lachen an. Dad hat heimlich 20 extragroße Tuben *Hametum* in den Einkaufswagen geschmuggelt (das ist das Zeug, dass sich die Leute auf den

Hintern schmieren, wenn sie Hämorriden haben). Das ist ein Witz, bei dem meine Mutter vor der ganzen Schlange in Verlegenheit gebracht wird. Den hat Dad auch schon tausendmal gebracht. Warum werde ich nur von einem zu groß geratenen Bart Simpson aufgezogen?

»Ach, Dave, du bist mir ja einer«, sagt Mum und entschuldigt sich bei den Leuten hinter ihr. »Oh, hallo, Mrs Cavendish! Wie geht es Ihnen?«

Und mir wird zu meiner ewigen Schande klar, dass da Treasure und ihre Mutter stehen. Als Dad den gesamten *Hametum* Vorrat von *REAL* einsammelt und zurück ins Regal packt, lächelt Treasure spöttisch.

Ich denke ernsthaft darüber nach, ob ich nicht in eine Pflegefamilie kann.

Sonntag

Amber und ich treffen Sean, Neil und die Hunde im Park. Simon freut sich total, mich zu sehen, und er zeigt das, indem er vorsichtig mein Bein anpimpert. Wir albern herum, essen Pommes und schauen dabei zu, wie die Hunde von Schwänen gejagt werden.

Wäre Damian eifersüchtig, wenn er mich jetzt sehen könnte? Eine lachende, unbeschwerte, unabhängige Frau?

17 Uhr

Auf dem Rückweg treffe ich Rick. Er sucht die Straßen ab und pfeift nach Simon. Ich fühle mich ganz schuldig.

»Ich mag mir gar nicht vorstellen, wie er friert und Hunger hat«, sagt Rick. Ich glaube echt, er heult gleich los. Oh Gott.

»Kannst du ein Geheimnis bewahren?«, sage ich. »Es geht um Simon.«

»Was denn?«, fragt Rick und schaut mich erstaunt an.

Ich erzähle ihm alles.

»Du verlogenes kleines Luder! Ich bin vor Angst um ihn fast verrückt geworden!«

Oje. Hätte ich es ihm bloß nicht erzählt.

Dann grinst er. »Aber nicht schlecht. Coole Aktion.«

Ein Lob von Rick. Das kommt so oft vor wie ein fliegendes Schwein.

Montag 7 Dezember

7 Uhr

Mum ist nicht aufgestanden, um unser Frühstück zu machen. Wieder mal. Sie hat sich telefonisch krank gemeldet. Wieder mal. Wenn das so weitergeht, wird sie bald gefeuert. Dann gibt es bei uns *noch* weniger zu essen.

16 Uhr

Gehe nach Hause. Mum sieht nervös aus. Sie sagt mir, dass ich mich setzen soll. Mein Herz schlägt in einem Affenzahn.

Und wisst ihr was? Es stellt sich heraus, dass in der Nachbarschaft noch ein weiteres Kind von einem Hund gebissen wurde. Nur dieses Mal haben sie den Hund gefangen – es ist ein großer brauner Streuner und sein Fell sieht aus wie das von Simon. Mr Robinson, der fette Besitzer der fetten Katze, sagt, dass *das* der Hund war, der Suzie gebissen hat. Er hatte seine Brille nicht auf und deswegen angenommen, dass es Simon war! Suzies Dad war schon bei uns, um sich zu entschuldigen, und die Polizei hat den Streuner ins Tierheim gebracht.

»Also war Simon überhaupt nicht schuld«, heult Mum. Sie versucht, mich zu umarmen, aber ihr dicker Bauch ist im Weg. »Das tut mir so leid. Wir haben dich im Stich gelassen. Und jetzt haben wir ihn verloren.«

Ich gehe nach oben und genieße den Augenblick.

Dad kommt nach Hause, trottet kleinlaut in mein Zimmer und entschuldigt sich auch. »Ich weiß nicht, was ich sagen soll, Danni«, sagt er. »Wir sind Idioten.«

»Ja, seid ihr«, sage ich. »Aber zum Glück bin ich schlauer als ihr beide zusammen.«

Dad glotzt mich fragend an. Ich grinse siegesgewiss. »Warte hier auf mich«, sage ich, schnappe meinen Mantel und renne los.

17 Uhr

Sean scheint traurig zu sein, dass Simon schon gehen muss. »Es war schön, ihn hier zu haben«, sagt er ein bisschen wehmütig.

»Du kannst jederzeit zu uns kommen und ihn besuchen!«, verspreche ich. »Wenn ich Mum erzähle, was passiert ist, wirst du für sie der netteste Junge der Welt sein.«

Hüpfe mit meinem Hund nach Hause. Mum wird alles

wieder gutmachen wollen und zu Kreuze kriechen und mich fragen, ob wir Klamotten kaufen gehen. Es gibt *doch* einen Gott.

17.45 Uhr

Als ich mit Simon angelaufen komme, stehen Mum und Dad in unserem Vorgarten/Schrottplatz und warten. Ganz das liebenswerte, nachsichtige Tier, das er ist, galoppiert Simon zu ihnen, leckt sie ab und schnüffelt ihnen am Schritt.

»Ist das …? Was? Äh? Wie?«, sagt Mum, die offensichtlich nur noch einsilbige Wörter herausbringt.

»Ich glaube, wir können getrost behaupten, dass unsere Tochter ein hinterhältiges, heuchlerisches, ungehorsames kleines MONSTER ist«, sagt Dad. Dann beugt er sich zu mir herunter und küsst mich liebevoll auf den Kopf. »Braves Mädchen.«

Ich erzähle ihnen, was passiert ist, und berichte von Amber und Sean und mir, wie ich um 5 Uhr morgens aufgestanden bin. (»Das wird das erste und einzige Mal in deinem Leben bleiben«, sagt Dad sarkastisch.)

Phoebe will wissen, ob Simon ihr aus dem Urlaub ein Geschenk mitgebracht hat.

»Also, Sean hört sich nach einem richtig netten Jungen

an«, sagt Mum. »Bring ihn doch mal zum Abendessen mit.«

Seht ihr – was habe ich gesagt?

Dienstag

Die ganze Schule weiß von unserem SOS-Projekt. In der Pause sammeln sich die Leute um uns vier und wollen wissen, ob es stimmt, dass Sean und Neil Simon für eine Woche auf einem geheimen Dachboden versteckt haben, wo er sich von toten Mäusen ernähren musste. Ja, lügen wir, weil sich das natürlich viel exotischer anhört als die Wahrheit. Damian steht so nah bei mir, dass ich sein Haargel riechen kann. Ich bin krebsrot. Meine Wangen sind so heiß, dass sie bestimmt fast zischen.

Treasure hasst den Rummel um mich. »Es ist nur ein HUND«, sagt sie. »Und wenn ich das noch hinzufügen darf: Der widerliche Hund, dessen Kacke Danni über Damian gespritzt hat. Bäh, die sollte anderen Leuten echt nicht zu nahe kommen dürfen.«

Ich überlege mir gerade eine spitze Antwort, als sich auf einmal Damian einschaltet. »Treasure?«, sagt er. »Warum hältst du zur Abwechslung nicht mal die Klappe.«

Ich glaub, ich bin im siebten Himmel.

18 Uhr

Amber und Megan sind bei mir im Zimmer und wir essen Schokolade. »Also, was meint ihr?«, sage ich zu ihnen. »Denkt ihr, meine Zeit mit Damian ist gekommen? Habt ihr gesehen, wie er mich angeschaut hat? Er hat mich doch angeschaut, oder? Glaubt ihr, dass er mich bewundert, oder steht er auf mich? Oder bewundert UND steht er auf mich? Sollte ich mir ein paar neue Klamotten kaufen und zum entscheidenden Schlag ansetzen?«

Amber ist irgendwie still geworden, und während Megan misstrauisch Deirdres Käfig beäugt, sagt sie halbherzig: »Ja, klar – wenn es das ist, was du willst.«

Was ich *will?* Sie WISSEN doch, dass ich seit einem Jahr an nichts anderes denke. »Amber?«, sage ich.

»Hmm, na ja – also, ähm, es ist nur, ich glaube, du könntest jemand viel Besseres als Damian haben.«

Besser als Damian? Hahahahahaha! Wen denn – einen der Jungs von *One Direction?*

»Ich sage ja bloß, dass es da draußen im Ozean noch viele andere Fische gibt. Sieh dich um. Mach die Augen auf.«

»Klar«, sage ich. »Und wenn ich meine Augen aufmache, habe ich ein Bild von hinreißender Schönheit vor mir, und siehe da, es ist Damian.«

»SO schön ist er nun auch wieder nicht«, sagt sie.

Notiz für Amber: Du musst auf jeden Fall mal wieder zum Optiker!

20 Uhr

In der Küche mit Mum. »Wendy war heute wieder da«, sagt sie. »Sie hat einen Aufstand gemacht, weil wir Simon behalten. Seltsame Frau. Sie hat so was Unerbittliches an sich.«

Unerbittlich? Verglichen mit ihr sieht Lord Voldemort aus wie ein Teletubbie.

Mittwoch

Schaue nach der Schule beim Kiosk vorbei, weil ich ein paar Brausepulverstangen brauche. Ich kippe mir gerade eine in den Rachen, als Mrs Papadopoulos, die uns gegenüber wohnt, plötzlich auf mich zurennt.

»Valerie …«, sagt sie hektisch (sie glaubt aus unerfindlichen Gründen seit jeher, dass ich Valerie heiße), »Valerie, bei euch steht ein Krankenwagen. Hoffentlich ist nichts passiert.«

Warum sagen Leute so was? Ruft irgendjemand den Krankenwagen, wenn nichts passiert ist?

Mein Magen rutscht mir in die Kniekehlen. Ich renne nach Hause und stelle mir ein Leben ohne meine Mutter vor, als ich sehe, wie sie von zwei Sanitätern auf einer Art Trage auf Rädern nach draußen gebracht wird. Ich muss zugeben, sie sieht fürchterlich aus.

»Mum, was ist denn? Was ist LOS?«

Die Sanitäter sagen, sie sei kollabiert. Sie wollte wohl den Gaskaminofen im Wohnzimmer anzünden, ist dann ohnmächtig geworden und sofort umgekippt. Ihre Haare und Augenbrauen sind völlig versengt, aber sie sagt, dass ich mir keinen Kopf machen soll.

»Mutter«, sage ich, »du siehst aus wie aus einem Horrorfilm. Du solltest so bald echt in keinen Spiegel schauen.«

Mr Ainsworth von nebenan taucht auf. »Ich habe den Krankenwagen gerufen«, sagt er. »Wegen eurem Hund.«

Ach, du lieber Himmel – was hat Simon jetzt wieder gemacht?

Dad kommt raus. Er trägt Phoebe und sieht ganz benommen aus. »Dieser Hund ist ungelogen …« – ich verziehe gequält mein Gesicht, so als hätte ich mir gerade meinen Zeh angestoßen – » … DER WAHNSINN«, verkündet er, während er in den Krankenwagen steigt. »Als deine Mum ohnmächtig geworden ist, war er bei ihr. Er ist über die Mauer in den Garten der Ainsworths gesprungen und hat solange gebellt, bis sie mit ihm zurück ins Haus gegangen sind. Weiß der Himmel, was alles hätte passieren können, wenn er nicht da gewesen wäre.«

Es gibt tausend Sachen, die ich antworten könnte. Aber jetzt ist nicht der richtige Augenblick für irgendeinen besserwisserischen Habe-ich-es-euch-doch-gesagt-Satz.

Ich steige in den Krankenwagen. Ach, drauf geschissen: »Hab ich es euch doch gesagt!«, sage ich besserwisserisch.

Ich denke, ich werde meinen Hund in *Sankt Simon* umbenennen.

18 Uhr

Wie sich herausstellt, leidet Mum an Blutarmut, was während einer Schwangerschaft durchaus öfter vorkommt, und deswegen war sie auch immer so müde und blass. Der Arzt sagt, das Baby entzieht dem Körper das ganze Eisen und deswegen wird man ohnmächtig. Also sind Babys im Grunde Diebe.

Die gute Nachricht ist, dass Hexe Wendy das schon seit Wochen hätte überwachen müssen, aber sie hat sich stattdessen ganz eindeutig zu sehr mit meinem Hund beschäftigt. Wie es aussieht, bekommt sie dafür richtig Ärger. Hurra.

Der Arzt verschreibt Mum starke Eisentabletten. »Die könnten allerdings zu Verstopfung und Hämorriden führen«, sagt er.

Ich denke an das *Hametum* im *REAL* und lache gefühlt seit Tagen das erste Mal.

Mum wechselt die Hebamme.

Sie weiß jetzt auch, dass sie einen Jungen bekommen wird. Hoffentlich stinken seine Füße nicht so wie die von Rick.

Donnerstag

Dad kauft Simon zwei Rindfleisch-Nieren-Pasteten.

Freitag

Mum sagt, dass Simon die Ugg-Stiefel für immer behalten darf.

»Aaaaaaah«, sagt Phoebe entzückt und presst die Hand aufs Herz. »Dann können sie jetzt heiraten!«

Samstag

Es ist unglaublich.

Rick ist gerade mit Simon von einem Spaziergang zurückgekommen – und ratet mal, was passiert ist. Als er im Park war, hing da auch ein anderer Junge rum, so um die 18, zu dem Simon immer hingerannt ist. Er ist dann wieder weggelaufen und wieder hin zu ihm und wieder weg, so wie er es macht, wenn er einen toten Vogel findet. Der Junge war wohl verwirrt deswegen. Plötzlich hat er »Das ist jetzt aber nicht Shrek, oder?« gesagt.

Rick wollte gerade »Nein – Shrek ist ein Oger aus einem Comic und das hier ist eine Promenadenmischung, du Volltrottel« sagen, als der Junge anfing, »Doch, ist er, ist er!« zu rufen.

Oh mein Gott – so wie es aussieht, hat Simon früher diesem Jungen, Aidan, gehört! Also, bevor wir ihm aus dem Tierheim geholt haben. Bei ihnen hieß er allerdings Shrek.

Aber das ist noch nicht alles. Oh, nein! Aidans Mum ist … Trommelwirbel … die Hexe Wendy! Diese Frau ist so eine Schlange.

Sie war es, die den Hund loswerden wollte, nicht Aidan, und sie hat immer wieder »vergessen«, für Shrek Futter zu kaufen. Eines Tages, als Aidan von der Schule nach Hause kam, erzählte sie ihm, dass Shrek ihr Lieblingskissen zerfleddert hätte (was gut möglich gewesen sein kann, in seinem Zustand), und sie ihn ins Tierheim gebracht hat. Nur dass sie ihn in Wahrheit vor dem Supermarkt angebunden und gehofft hat, dass das jemand anders für sie übernimmt.

Rick hat Aidan erzählt, was damals wirklich passiert ist. Aidan war außer sich, sagte aber auch, dass seine Mutter schon immer komisch war. Komisch? Die gehört in die Klapse!

Ich glaube nicht, dass sie gemerkt hat, dass Simon früher einmal ihr Hund war, als sie zu uns gekommen ist. Zum einen ist er wesentlich dicker geworden. Und außerdem hasst sie Hunde einfach. Aber Simon hat sie erkannt, deswegen hat er sie auch angeknurrt.

Klingt fast wie das Ende einer Folge *Scooby-Doo.*

Sonntag

Neil lässt mich seine Mathehausaufgaben abschreiben. Ich hole sie bei ihm ab. Sean ist da. Erzähle ihm von der Simon/Aidan/Hexe Wendy Dreiecksbeziehung. Sean sagt, dass er herausfinden wird, wo sie wohnt, und dass er Mitzy dann einen dicken Haufen vor ihre Haustür machen lässt.

Wünschte, *mir* wäre das eingefallen.

Montag

Die Lehrerin hält nach meiner 3+ in Französisch eine kleine Rede über meine »Einstellung«.

»Du bist so aufgeweckt, Danni«, sagt sie. »Ich wünschte nur, du würdest deine Fähigkeiten für die Schule verwenden, anstatt die ganze Zeit zu klugscheißen.«

Aaaaaaaaaaaaaaaaaah. Eine Lehrerin hat »Scheiße« gesagt. Das petze ich.

Dienstag

Damian schaut mich schon wieder ständig an. Kennt ihr das, wenn man genau weiß, dass jemand einen anstarrt, und es am Kopf kribbelt? Wenn man sich dann aber nach demjenigen umdreht, dreht er sich weg und kratzt sich an der Nase. Ungefähr so. In Biologie hat er das heute viermal gemacht. Natürlich könnte es auch sein, dass er bloß auf den Eiterpickel auf meiner Stirn schaut, der ungefähr so groß wie Phoebes Hüpfball ist und den ich mit meinen Ponyfransen zu verdecken versuche.

Er hat noch immer Treasures blödes Armband an. Mist. Meine Damian-Obsession kommt gerade wieder volle Kanne zurück.

Was soll ich bloß zur Schulweihnachtsdisco anziehen? Das soll mir mal einer verraten. Der Termin ist schon in einer Woche. Meine Mutter ist mir ECHT was schuldig.

Mittwoch

19 Uhr

Quelle Ergebnis. Mum und Dad haben mir wegen allem, was ich durchgemacht habe, 20 Pfund gegeben, und Oma hat mir nochmal 10 Pfund gegeben. Allerdings soll ich das weder Rick noch Phoebe erzählen, mit ihrer Rente könne sie Zehner nämlich »nicht so mirnichtsdirnichts verteilen«, und es sei erschreckend, wovon alte Leute heutzutage leben müssen, und ob ich wisse, wie teuer Benzin geworden ist, und dann falle ich auf dem Sofa vor Langeweile ins Koma.

Samstag

Operation Minikleid.

Ich bin mit Amber in der Stadt. Mission: Minikleid kaufen, das Treasure Cavendish völlig überrascht. Habe im Internet ein perfektes gefunden. Es ist aus zartblauer Spitze, und ich glaube, dass es meine Augenfarbe unterstreichen wird, und dann Damian einfach in meine Augen starren *muss* und ihm klar wird, was für ein Narr er gewesen ist.

Kommen zum Laden. Es ist nur noch ein Exemplar da.

Es ist eine Nummer zu klein, aber ich muss es trotzdem haben.

»Es ist zu klein«, sagt Amber, die auf dem Boden der Umkleide sitzt. »Die Naht über deinem Hintern spannt.«

Will sie ihren nächsten Geburtstag noch erleben?

Frage: Kann man innerhalb von drei Tagen eine Kleidergröße abnehmen? Natürlich kann man.

Ich kaufe das Kleid.

Von jetzt an bis Dienstag werde ich nur noch Joghurt essen.

19 Uhr

Ich verhungere, und alle anderen, inklusive Oma, schauen sich *X Factor* an und essen Fish&Chips. Oma sagt dauernd, wie *köstlich* das Essen ist. Ich tue so, als wolle ich nichts, weil ich auf Diät bin, rausche dann aber in die Küche und schnappe mir ein paar Fritten von Phoebes Teller, als die gerade nicht guckt.

20 Uhr

Ich bin am Verhungern. Jetzt weiß ich, wie es Kate Moss geht.

Sonntag

Bin noch immer am Verhungern. Kann einem Spiegeleisandwich zum Frühstück nicht widerstehen.

»In Fett Gebratenes lässt deinen Riesenpickel auf der Stirn nur noch größer werden«, sagt Oma. »Und es bringt dein Päckchen ganz durcheinander.«

Wie viele Jahre bekommt man, wenn man seine Großmutter umbringt?

Dienstag

Tag der Schulweihnachtsdisco
8 Uhr

Kacke, Kacke und nochmals Kacke. Oma hatte Recht. Der Pickel auf meiner Stirn hat Ableger gekriegt. Mein *tête* ist jetzt eine Akne-Begegnungsstätte.

Außerdem habe ich kein Gramm abgenommen.

Mum, die noch immer nett tut, sagt, dass ich mir heute Abend etwas von ihrem *Lancôme*-Abdeckstift nehmen darf. Gott sei Dank.

9.30 Uhr

Treasure kommt vor Erdkunde zu mir. Sie lächelt sogar! »Kommt ihr heute Abend alle zur Disco?«, fragt sie superfreundlich.

»*Wer* alle?«, frage ich

»Du und deine 27 Furunkel da auf dem Kopf«, sagt sie. Ihre grässlichen Klingonen brechen in Gelächter aus.

»Tja, wenigstens herrscht in meinem Kopf mehr als nur Durchzug – Hohlkopf«, antworte ich. Was nicht gerade die schlagfertigste aller Antworten war, aber Treasure hat meine wunde Stelle getroffen, und es war die beste Retourkutsche, die mir eingefallen ist.

Daraufhin beugt Treasure sich zu mir und zischt: »Lass die Finger von Damian, Flodder.«

»Warum sollte ich?«, frage ich.

»Weil er erstens mehr als eine Nummer zu groß für dich ist und zweitens–«

»Ooh, ooh!«, sage ich. »Gebt dem Mädchen einen Belohnungsticker. Treasure kann bis zwei zählen!«

Super. Ich glaube, jetzt hält sie den Mund.

18 Uhr

Das wird die Hölle. Ich werde in Sachen Damian gegen Treasure antreten müssen, und sie wird neue Klamotten haben und wie ein Supermodel aussehen, während meine Haut Ähnlichkeit mit einem rosafarbenen Grießbrei hat. Aber ich trete meinem Schicksal entgegen. Seltsamerweise bin ich ziemlich entspannt, so als hätte ich eine Beruhigungstablette genommen. Ich habe folgendes an:

1. Mein Spitzenminikleid, 29,99 £
2. Meine Baskenmütze aus den 60ern (Mum findet, dass ich damit aussehe wie Twiggy – wer immer das ist.)
3. Irgendein Lametta um den Hals. (Das war ironisch gemeint, okay?)

Ich sehe ganz gut aus, mal abgesehen von meiner Haut und der Tatsache, dass dieses Kleid so eng ist, dass ich kaum sprechen kann.

Es klingelt. Megan ist da. Sie hat ein … ääh, eine Art Abschlussballkleid aus rosafarbener und weißer Seide an. Weiß sie, dass wir keine Komparsen für *Grease, das Musical* sind?

»Du siehst wie ein riesiges Sahnehäubchen aus«, sagt mein Dad, dem ich unter dem Tisch einen Fußtritt verpasse. Er ist SO unhöflich. Megan ist leicht aus der Fassung gebracht, bis mein Vater hastig hinzufügt: »Ich meinte, du siehst zum Anbeißen aus.«

»Du siehst, ähm, toll aus«, keuche ich in meinem engen Kleid.

»Alles in Ordnung mit dir?«, fragt Megan. »Du bist etwas rot im Gesicht.«

Es klingelt wieder. Amber ist da. Sie hat … ähm, eine grüne Cordhose an. Wieder.

Aber sie sieht ziemlich gut aus. Sie hat die Haare hochgebundenen und statt eines ihrer langweiligen schwarzen Jungs-T-Shirts trägt sie heute ein rotes Oberteil. »Ich bleibe wahrscheinlich nur für eine Stunde«, sagt sie. Seufz.

Ich muss Amber versprechen, dass ich heute Abend nicht weine, egal was passiert. Als ob.

19 Uhr

Dad setzt uns an der Schule ab. »Benehmt euch – und wenn ihr euch nicht benehmen könnt, seid wenigstens vorsichtig«, sagt er zum ungefähr viermillionsten Mal in seinem Leben. Ich antworte nicht, weil ich nicht richtig atmen kann.

»Wenn du nicht aufpasst, zerreißt dir noch dein Kleid«, sagt Amber – wie immer ein wahrer Sonnenschein.

Mr »Mundgeruch« Biggins macht die Einlasskontrolle. Und er hat Turnschuhe an. Ich wiederhole – er hat TURN-

SCHUHE an. Lehrer sollten keine Freizeitkleidung tragen dürfen. Die sehen dann immer aus, als hätten sie nicht alle beisammen.

Oh, sieh mal einer an. Sie haben Luftballons und einen großen aufblasbaren Weihnachtsmann in ein Netz gesteckt, das von der Decke hängt. Hallo? Glauben die, wir laufen noch mit Pampers durch die Gegend? Immerhin gibt es einen DJ und die Musik ist laut, laut, laut … Wir gehen alle ganz lässig rein, aber ich drehe und wende meinen Kopf und halte wie ein Erdmännchen nach D und T Ausschau. Sie sind noch nicht da.

Ich zwirble ein bisschen an einer Haarsträhne.

»Du siehst gut aus«, sagt Sean, der sich plötzlich wie Harry Potter aus dem Nichts materialisiert.

WAS hat er gesagt? Ich sehe gut aus? Fällt ihm so etwas überhaupt auf? »Danke, du auch«, sage ich, weil meine Mum mir beigebracht hat, dass man Komplimente immer erwidern soll. Er sieht wirklich ganz gut aus, auf eine langweilige Weiße-T-Shirt-und-Jeans-Art-und-Weise, und nicht wie der Oberspießer in seinem kurzärmeligen hellblauen Shirt, das er normalerweise in der Schule anhat.

Die Mädels und ich bestellen an der Bar drei Cola. Unser Lieblingssong läuft und wir gehen auf die Tanzfläche. Einer der Jungs macht ganz witzig Lady Gaga nach. Wir haben richtig viel Spaß. Nein, haben wir nicht. Gerade sind

Treasure und Damian gekommen – und Treasure sieht U.M.W.E.R.F.E.N.D. aus. Alle Köpfe hier im Saal drehen sich zu ihr, so wie es in Filmen immer ist. Treasure muss ihre Haare aufgewickelt und sie geföhnt haben, sie sind jetzt superlockig. Und sie hat ein rotes Kleid an, rotes Haarband, rote Strickjacke und rote Glitzerschuhe. Ich hasse sie nicht. Ich verabscheue und verachte sie. Damian sieht wie immer schlecht gelaunt aus.

»Hi, Danni«, sagt Treasure. »Mutig von dir, dass du gekommen bist – und dann auch noch in einem Kleid deiner kleinen Schwester. Du siehst aus wie zehn Pfund Kartoffeln, die in einen fünf Pfund großen Sack gequetscht wurden.«

Ja, ich verabscheue sie wirklich.

20.30 Uhr

Ein Typ aus der Zehnten spielt den DJ und aus unserem Jahrgang schwirren jede Menge Mädchen um ihn herum wie eine Horde kichernder Fliegen. Er hat »Can't Get You Out of My Head« von Kylie Minogue aufgelegt. Was ein bisschen retro ist, aber wenigstens spielen sie nicht … oh, nein. Jetzt läuft George Michaels »Last Christmas« – zum Langsamtanzen. Genau, was ich befürchtet habe.

Treasure hat ihren Kopf wie eine dicke, feuchte Nacktschnecke auf Damians Schulter gelegt, aber sie hat die Augen offen und sucht wie ein Basilisk den Raum ab, weil sie sichergehen will, dass ich sie sehe.

Zu meiner Freude sieht Damian so steif aus wie eine Schaufensterpuppe von *H&M*. Wo steckt Amber, wenn man sie braucht? Oh, sieh an, sie sitzt bei Neil und diskutiert wahrscheinlich darüber, wie man die doppelköpfige Kreuzkröte oder sonst was retten kann. Sie schaut zu mir und zuckt mit den Schultern nach dem Motto: *Blöd, dass sie vor dir einen Stehblues tanzen, aber hey, was soll man machen?*

Treasure direkt mal eins über den Schädel ziehen zum Beispiel.

Ich gehe zu Amber und zerre sie von ihrem Platz hoch. »Lass uns drüben mit ein paar von den Jungs Billard spielen«, sage ich mit aufgekleistertem Lächeln. Ich bin fröhlich. ICH BIN FRÖHLICH.

Amber ist ein bisschen mürrisch. Hallo? Ich dachte, beste Freundinnen helfen einander.

Jemand berührt meine Schulter. Es ist wieder Sean. Er hat aus irgendeinem Grund einen Ballon in der Hand, was ihn ein bisschen, na ja, *dämlich* aussehen lässt.

»Ich weiß, dass du traurig bist, aber du solltest dir echt nicht so viele Gedanken machen, das lohnt sich einfach nicht«, sagt er.

Ach, ja? Leb doch mal für eine Woche in meinem Kopf.

Sean redet noch immer. »Ich habe Damian gesagt, dass

ich nicht verstehe, wie er so viel Zeit mit Treasure verbringen kann. Sie ist so langweilig – und doof.«

Was? Das gefällt mir – mehr davon. Dann macht er Mundgeruch-Biggins ziemlich lustig nach, der immer sagt: »Eine Stunde nachsitzen ist eine Stunde deiner Lebenszeit, die du NIE ZURÜCKBEKOMMST.« Nur macht Sean daraus: »Wenn man Treasure eine Stunde lang zuhört, wie sie sich über ihr neuestes Oberteil auslässt, das ihre Mutter ihr von ihrem letzten Paris-Kurztrip mitgebracht hat, ist das eine Stunde, in der man in ein TIEFES, TIEFES KOMA fällt, aus dem man vielleicht nie mehr erwacht.«

Ich kichere. Ziemlich heftig. »Oh, mach dir um mich keine Sorgen. Mir geht's gut«, sage ich. Was wirklich stimmt. Merkwürdigerweise.

21 Uhr

Megan kommt in ihrem *Grease*-Abendkleid zu uns gerannt und sieht wie ein glänzendes Baiser aus. Sie ist so aufgeregt, dass ihre Ohren knallrot angelaufen sind. »Wisst ihr was?«, sagt sie. »Eliza Bowman hat Damian und Treasure gesehen, als sie angekommen sind, und sie haben sich gestritten.«

»Echt?«, sage ich.

»Anscheinend«, fährt sie fort und atmet dabei so schwer, dass sie sich anhört, als würde sie gerade ein Kind zur Welt bringen (sie erzählt Tratsch einfach zu gerne weiter), »findet Damian, dass er nicht mehr genug Zeit für seine Kumpels hat.«

Wirklich? WIRKLICH? Oh, danke, danke, danke. Habe ich nicht immer schon gesagt, dass es einen Gott gibt? Aber tief in meinem Innern freue ich mich über diese Neuigkeit gar nicht so riesig, wie ich gedacht hätte. Komisch. Und außerdem tragen beide immer noch diese dämlichen Bänder. Und Treasure hängt noch immer wie ein billiger Teppich über Damian. Es ist also kaum wirklich AUS zwischen den beiden, oder?

21.10 Uhr

Ich muss in Ruhe nachdenken. Und dieses Kleid bringt mich noch um. Oh, wie schön. Die Mädchentoiletten sind defekt. In der einen hat jemand versucht, eine Binde runterzuspülen, und die andere funktioniert schon seit Jahren nicht mehr. Mundgeruch-Biggins kontrolliert inzwischen die Tür zur Jungstoilette, damit wir sie alle benutzen können, aber Mädchen und Jungen immer schön getrennt.

»Du kannst da jetzt nicht rein«, sagt er, als würde er die Kronjuwelen bewachen. »Andrew Salter ist gerade drin.«

»Dann stehen wir hier noch den ganzen Abend rum«, sage ich. »Bis *der* sich lange genug im Spiegel angeschaut hat …« (Er ist ganz schön eitel.) Sieht fast so aus, als müsste M-B grinsen, aber er sagt nichts.

Andrew kommt raus und streicht sich die Haare glatt und ich kann endlich reingehen. Als ich das tue, höre ich, wie hinter mir jemand gekünstelt »Ach bitte, Mr Biggins, Sir, darf ich mit Danielle rein? Ich platze fast« sagt.

Es ist Treasure. Warum muss immer mir das passieren?

»Ja, ja, aber beeil dich«, sagt Biggins. Er gehört damit jetzt offiziell zu den Menschen, die ich am liebsten auf mein Schiffswrack verbannen würde. (An diesem Fantasieort sind alle Leute versammelt, die ich nicht leiden kann und die ich am liebsten auf einer einsamen Insel mit nichts weiter als Brokkoli aussetzen würde.)

Ich gehe zum Pinkeln in eine Kabine, während Treasure in die andere verschwindet. »Wie geht's deiner armen Mum?«, höre ich ihre gekünstelt teilnahmsvolle Stimme durch die Trennwand.

»Gut – warum auch nicht?«, antworte ich und ziehe kräftig am Toilettenpapier.

»Ach, nur weil Dad gehört hat, dass sie kürzlich zusammengebrochen ist. Er meint, in ihrem Alter muss das alles eine echte Strapaze für sie sein.«

Ich spüre, wie ich langsam auf hundertachtzig komme, werde zum Glück aber durch einen kleineren Tumult, der von draußen zu uns dringt, abgelenkt. Vielleicht lassen sie ja gerade die Ballons von der Decke. Wahrscheinlich werden sich alle vor Begeisterung kaum zurückhalten können.

»Genau genommen hatte es mit ihrem Alter nichts zu tun«, sage ich cool. »Eisenmangel kann man auch schon als 18-Jährige während der Schwangerschaft haben.«

»Na ja, sieh es positiv«, sagt Treasure. »Wenn das Baby erst einmal da ist, kann sie ihr Gebiss zusammen mit den Babyflaschen auskochen.«

Der Spruch ist für ihre Verhältnisse zugegebenermaßen ziemlich gut. Aber ich bin so wütend, dass ich wie eine Verrückte gegen die Trennwand hämmere. »Warum bist du so ätzend FIES, Treasure?«, schreie ich.

»Ich?«, zischt sie. »Du bist hier ja wohl diejenige, die fies ist und mir die ganze Zeit meinen Freund ausspannen will. Inzwischen müsstest du doch kapiert haben, dass er nichts von dir will. Er findet dich und deine Familie komisch, aber ich glaube, er ist da noch viel zu freundlich. Ich glaube, er wollte eigentlich sagen, dass ihr ein Haufen unhygienischer Flodder-Irrer seid.«

Die Zeit scheint still zu stehen. Ich denke an meine süße kleine Schwester, die Treasure gerade eine Irre genannt hat. Ich denke daran, wie Phoebe Nacktschnecken im Garten sammelt und jeder einzelnen einen Namen gibt und ihnen aus Kieselsteinen kleine Wohnungen baut, und ich merke, wie mich eine unbändige Wut überkommt, so wie beim unglaublichen Hulk, was super passt, weil nämlich gleich mein Kleid aus allen Nähten platzt.

Ich klettere auf die Klobrille, damit ich über die Trennwand schauen kann. Wenn ich ehrlich bin, sieht Treasure ein bisschen beunruhigt aus, so wie sie da mit runtergelassener Unterhose auf dem Klo sitzt und zu mir hochschaut, während ich mit meinem Finger in ihre Richtung steche.

»Nenn meine Familie bloß nicht noch mal irre«, sage ich und wanke dabei ein bisschen auf der Klobrille. »Wir gehen wenigstens nicht die ganze Zeit einkaufen und laufen affektiert durch die Gegend und sind doof und sehen dabei aus wie gebräunte Mandarinen – aaaaaaahhhhh!«

Oh, nein. Bitte erschießt mich.

Wir sind nicht allein. Ich drehe mich um und sehe – oh Gott, nein –, dass dort Damian, Sean und Streber-Neil mit runtergeklappten Kinnladen stehen. Sie haben alles mitbekommen. Ich rutsche aus und mein Bein fühlt sich plötzlich nass an. Ich habe es verkackt. Ein Fuß von mir steckt in der Toilette …

»Was macht ihr hier drin?!«, stottere ich und versuche, die Tatsache zu vertuschen, dass ich einen tropfenden, aufgeweichten Pipischuh habe. »Jetzt ist Mädchen-Pinkelzeit. Bewacht Biggins nicht die Tür?«

Damian schaut mich ausdruckslos an.

Okay, jetzt steht er ganz sicher *nicht* mehr auf mich. Sean sagt, auf der Tanzfläche hätten sich ein paar Typen gestritten und Biggins hätte eingreifen müssen. »Wir haben uns Sorgen um dich gemacht. Du warst ewig weg«, sagt er verlegen und schaut wieder auf seine Füße. »Amber sucht dich auch schon überall.«

Damian sagt absolut nichts.

Treasure hat inzwischen ihre Unterhose hochgezogen und die Toilettentür aufgemacht und stürzt sich in Damians Arme. »Bring mich nach Hause«, sagt sie unter kleinen geschauspielerten Schluchzern. »Ich glaube, ich werde ohnmächtig. Sie war so GEMEIN zu mir. Und nur, weil sie dich mir wegnehmen will. Ich habe ihr gesagt, dass du sie für eine Irre hältst.«

Hysterische Tusse – oder etwa nicht? Diese Frau sollte einen Oscar bekommen. Damian schaut sie seltsam an, führt sie aber durch die Tür nach draußen.

»Du hast dir nicht die Hände gewaschen!«, rufe ich ihr halbherzig hinterher.

Sean legt eine Hand auf meinen Arm. »Wir haben mitbekommen, was sie über deine Familie und das, ähm, Auskochen von Gebissen gesagt hat«, sagt er. »Oh, und natürlich auch den Teil, dass du ihr den Freund ausspannen willst.«

Bei dem Gedanken, dass Damian nun weiß, wie lange

ich schon hinter ihm her bin, bekomme ich glühend heiße Wangen.

Jemand kommt zu uns herein. Was wird das – ein Kaffeekränzchen?

Es ist Damian – allein. »Danni, ich, ähm, wollte nur sagen, dass sich Treasure eben ziemlich daneben benommen hat. Ich habe wirklich gesagt, dass du ein bisschen irre bist, das war nach dem, na, du weißt schon, nach der Sache im Park und nach dem einen Mal, als ich bei euch war und du auf dem Hund gesessen und ihm sein Gesicht angemalt hast. Aber jetzt denke ich das nicht mehr. Genau genommen glaube ich, dass du toll bist. Mehr als toll. Ich finde dich cool. Ich rufe dich an.«

Da stehe ich und starre in sein attraktives Gesicht. Und denke nur das eine: Er benutzt doch ungelogen einen ABDECKSTIFT!

Als er rausgeht, schaue ich ihm nach.

»Los, suchen wir Amber und dann nichts wie weg hier«, sage ich zu Sean und Streber-Neil. »Aber könnt ihr mir schnell noch eine Sache verraten?«

»Was denn?«, fragen sie gleichzeitig.

»Warum stinken Jungsklos so ekelig?«

21.30 Uhr

Wir laufen zusammen nach Hause – ich mit einem schmatzenden Schuh, Sean, Amber und Neil. Amber und Neil unterhalten sich über irgendwas Langweiliges und ich und Sean laufen schweigend mit ein bisschen Abstand hinterher. Plötzlich hustet er und sagt: »Also wenn du mich fragst, ich finde dich viel hübscher als Treasure. Hab ich immer schon. Damian fand, ich spinne.«

Wow – danke auch.

Trotzdem, Sean findet mich VIEL HÜBSCHER ALS TREASURE!!

»Echt? ECHT?«, sage ich. »Wie genau ›hübscher‹?« (Okay, ich bin auf Komplimente aus, aber mein Selbstvertrauen wird ja auch selten genug aufpoliert.)

»Ich finde dich einfach herrlich. Ein paar Mal war ich zwar sauer auf dich, weil du fies zu Neil warst, aber ich glaube, ich weiß, warum du das machst. Nämlich um deine Nervosität zu überspielen. Und ich muss zugeben – du kannst echt lustig sein.«

Sean O'Connor findet mich HERRLICH UND LUSTIG! Wie seltsam diese Nacht wohl noch werden wird?

»Und du hast jetzt ja, was du wolltest«, sagt er leise. »Damian hat mir neulich erzählt, dass er schon eine Weile auf dich steht.«

Zwickt mich mal jemand, ich glaube, ich träume. »Warum hast du mir nichts gesagt?«, frage ich.

Er wird still. »Weil ich eifersüchtig war«, gibt er schließlich zu.

Und dann denke ich, wie sonderbar das Leben manchmal ist. Jemand sagt »Ich bin nicht mehr an Damian interessiert«, und mir wird klar, dieser jemand bin ich. Und ich meine es sogar so. Ich meine es wirklich so. Ich denke daran, dass Damian Sean im Kampf gegen Dumbo-Mick kein bisschen geholfen hat, und dass er Treasure nicht *einmal* gesagt hat, sie soll den Mund halten, wenn sie gemein zu Leuten war, und, noch schlimmer, dass er Abdeckcreme für seine Pickel nimmt. Und dass er eigentlich ziemlich ÖDE ist.

Und jetzt denke ich über Sean nach, erinnere mich an all die Male in diesem Schuljahr, als er mir in Französisch zugelächelt hat, und dass, wenn es ihn nicht gäbe, Simon vielleicht wieder im Tierheim gelandet wäre, und wie mutig er war, als er Neil verteidigt hat.

»Aber ich dachte, alle Jungs stehen auf Treasure«, sage ich. »Ich meine – schau sie dir doch nur mal heute Abend an. Sie ist hinreißend. Und diese roten Glitzerschuhe!«

Sean schaut mich an, als wäre ich verrückt. »Bist du vollkommen übergeschnappt, Danni? Sie sah wie eine Barbieausgabe von Dorothy aus *Der Zauberer von Oz* aus.«

Ich schnaube und dann lache ich laut und schallend. Wir

spazieren durch die Nacht und lachen und lachen und lachen.

»Ähm, Danni«, sagt Sean dann, »ich muss dir was sagen. Dein Kleid ist gerissen.«

Samstag

10 Uhr

Also dafür, dass ich gedemütigt und geradezu *direkt* vor Damians Nase als schreckliche, hinterhältige Schlampe bezeichnet wurde, und dafür, dass ich mich gestritten habe, während ich auf einer stinkenden Jungentoilettenklobrille stand (worüber inzwischen die ganze Schule Bescheid weiß), muss ich sagen, ist der gestrige Abend trotzdem ganz gut gelaufen.

Sean ist der netteste Junge, den ich kenne. Ich kann echt nicht glauben, dass ich die ganze Zeit nicht gemerkt habe, dass er viel cooler und lustiger und interessanter als Damian ist. *Ich* bin es, die hier zum Optiker muss.

12 Uhr

Mum macht Sandwiches mit Speck. Ihr Bauch ist inzwischen so dick, dass sie sich in der Küche kaum noch umdrehen kann. Dad betüddelt sie wie eine alte Glucke. »Du musst dir deine Kräfte für die Geburt sparen, Liebling«, sagt er ständig.

Mum wirft ihm einen vernichtenden Blick zu. »Was ich für die Geburt brauche, Dave, sind eine Menge schmerzstillender Medikamente. Und jetzt sei still und iss dein Sandwich. Aber wir haben keinen Ketchup mehr.«

Typisch.

Weil ich strenge Vegetarierin bin, habe ich auf meinem Sandwich nur *eine* Speckscheibe.

14 Uhr

Amber kommt vorbei. Endlich. Ich habe ihr den ganzen Morgen Nachrichten geschickt. Wo hat sie gesteckt? Auf manche Leute ist echt kein Verlass.

»Das habe ich dir doch mindestens tausend Mal erzählt«, sagt sie. »Ich bin auf der Demo gegen das geplante Fällen von sechs Bäumen gewesen. In der Nähe vom Park, wo sie ein neues Freizeitzentrum bauen wollen.«

»Ach, stimmt, ich erinnere mich dunkel«, sage ich. »Na, lass uns jetzt jedenfalls mal über mich sprechen.«

Amber verdreht die Augen. »Neil war auch auf der Demo«, sagt sie. »Er hat heute Morgen zufällig Damian getroffen. Er und Treasure hatten auf dem Heimweg von der

Disco einen Riesenkrach. Er weiß nicht, ob er noch mit ihr zusammen sein will. Sie ist seitdem anscheinend total aufgelöst.«

Hmm, der Gedanke an eine weinende Treasure befriedigt mich gar nicht so, wie ich gedacht hätte.

»Trotzdem war es irgendwie ein guter Abend, oder? Auf eine komische Art«, sage ich.

Amber strahlt auf einmal. »Es war großartig!«, sagt sie. »Neil und ich –«

»Du errätst nie, was Sean zu mir gesagt hat«, unterbreche ich sie, lasse mich aufs Bett zurückfallen und verschränke meine Hände hinterm Kopf. Ich weiß, dass es unhöflich ist, wenn man dazwischen platzt, aber ich habe keine Lust, dass sie sich wieder endlos über irgendein Umweltthema ausbreitet.

Sie seufzt. »Er hat gesagt, dass er dich total mag und das schon immer.« Ambers Stimme hat einen leicht gelangweilten Tonfall angenommen, fällt mir auf.

»Oh, danke. Tja, damit wäre also mein großer Enthüllungsmoment futsch. Woher wusstest du das?«

»Neil hat es mir erzählt.«

»Ihr scheint eure Köpfe inzwischen ja sehr häufig zusammenzustecken«, sage ich bissig.

»Also, das wollte ich dir ja auch alles erzählen, aber du warst in letzter Zeit so, ähm, mit Damian und Treasure beschäftigt«, sagt Amber verlegen und fummelt an ihrem »Öko? Logisch!«-Button rum. »Manchmal frage ich mich, ob du mir überhaupt zuhörst, wenn es mal gerade nicht um dich geht.«

»Was? Was fällt dir eigentlich ein! Ich rede NICHT die ganze Zeit nur von mir.«

»Und warum weißt du dann nicht, wie nahe Neil und ich uns gekommen sind?«, fragt Amber mit in die Seite gestemmten Händen. »Weil ich nie zu Wort komme!«

Plötzlich legt sich in meinem (pickeligen) Kopf ein Hebel um und bei mir fällt der Groschen.

»Mit *beschäftigt* meinst du *selbstsüchtig und egoistisch*, oder?«, sage ich und würde mir vor Scham am liebsten in die Faust beißen. Kann mich bitte jemand treten – ich habe Amber in den letzten Wochen kein einziges Mal gefragt, was eigentlich bei ihr so los ist. Es ging immer nur um mich, mich, mich. Meine Schwärmerei für Damian, meine Probleme mit Simon, meine Jammerei wegen Mums Schwangerschaft, meine fehlende Sommerbräune.

»Vielleicht hatte Mundgeruch-Biggins ja doch recht«, sage ich. »Treasure und ich, wir geben uns nicht viel. Es tut mir so leid, Amber. Nach allem, was du für mich und Simon getan hast. Ich bin vollkommen unnütz«, heule ich.

»Ach, sei nicht wieder so melodramatisch«, sagt Amber und füttert Deirdre durch die Gitterstäbe mit Sellerie. »Du hast in letzter Zeit einfach ein bisschen, ähm, einspurig gedacht.«

Ja, die eine Spur waren mein beschissenes Leben und ich.

Amber redet noch immer. Ich sollte mich konzentrieren. »Es ist einfach so, dass Neil und ich uns in letzter Zeit eine Menge getextet haben, und ich mag ihn wirklich, WIRKLICH gern.« Ihr Gesicht glüht. Sogar ihre Sommersprossen. Sie sieht echt hübsch aus.

»Nächsten Samstag werden wir vor dem Supermarkt gegen die Verwendung von zu viel Plastikverpackung demonstrieren!«

Normalerweise würde ich »Hurra. Ich kann's kaum erwarten, mir das in meinen Terminkalender einzutragen« sagen, aber ausnahmsweise spar ich mir meinen Sarkasmus. Stattdessen schlage ich vor, dass wir vier und die beiden Hunde ja bald mal wieder zusammen einen Spaziergang zum Park machen könnten, was eine Art Friedensangebot sein soll. Amber sieht aus, als würde sie vor Freude gleich platzen. Also ehrlich, manche Leute sind total einfach zufriedenzustellen.

»Das wäre großartig!«, sagt sie und klatscht in die Hände. Ich habe so ein Glück, dass Amber meine beste Freundin ist.

Ich bekomme eine Nachricht von Damian – er fragt, ob ich mal mit ihm ins Kino gehen würde. Ich schreibe ihm zurück und teile ihm mit, dass ich das momentan für keine gute Idee halte, weil es Treasure gegenüber unfair wäre. Ich bin ja so was von rücksichtsvoll und vernünftig.

Sonntag

10 Uhr

Ich rufe Sean an. Er ist ziemlich überrascht, als ich auf seinem Handy durchklingle – ich mache mir Sorgen, dass er gleich ohnmächtig wird.

»Ich wollte dich etwas fragen«, sage ich.

»Was?«, fragt er nervös. Wahrscheinlich glaubt er, dass ich mir das wegen Damian noch einmal anders überlegt habe.

»Hast du Lust, heute Mittag eine Runde mit mir und Amber spazieren zu gehen? Sagst du Neil Bescheid? So um drei? Natürlich mit den Hunden.«

Er lacht erleichtert, auf seine ganz eigene Art. »Klingt abgefahren.«

Aah. Ich kann gar nicht glauben, dass so ein netter Mensch an so einer schrecklichen Egoistin wie meiner Wenigkeit interessiert ist. Oder dass noch irgendjemand »abgefahren« sagt.

12 Uhr

Dad ruft nach oben, dass eine Freundin für mich da ist. Heiliger Strohsack! Ich weiß, dass Amber sich auf den Park freut, aber sie ist drei Stunden zu früh. Ich habe noch mein altes verflecktes Nachthemd an und habe mir Mums Schlammgesichtsmaske aus dem Bad geklaut. Ich sehe gerade also nicht wirklich nicht präsentabel aus. Was soll's.

Ich höre, wie jemand die Treppe hochkommt, und rufe mit Miss Judds roboterhaft näselnder Stimme: »Achtung Schüler, dieses Zimmer stinkt nach Zoo. Bitte nur betreten, wenn ihr eine Nasenklammer habt. Ich wiederhole – ei-ne Na-sen-klam-mer.«

Deirdre hat nämlich gerade voll über meine Chemiehausaufgaben gepinkelt, was irgendwie passt, wenn man bedenkt, dass der Harn von Nagetieren große Mengen an Stickstoff, Phosphaten und Kalium enthält.

Ich stehe mit dem Rücken zur Tür, als sie aufgeht. »Herein!«, sage ich. »Und ich verspreche, dass ich die öde, schnöde, blöde Treasure kein einziges Mal erwähnen werde!«

»Was bedeutet schnöde?«, sagt jemand, der ganz bestimmt nicht Amber ist.

Und da, mit Deirdre, die über ihre brandneuen Timberlandstiefel läuft, steht Treasure.

»Was? Du? Wie? Oh!«, sage ich, öffne und schließe meinen Mund wie ein Goldfisch und bringe wie meine Mutter nur noch einsilbige Wörter raus. In meinem Zimmer steht der Feind, und angesichts der Tatsache, dass mein Gesicht mit braunem Schlamm bedeckt ist, ich ein schäbiges altes Nachthemd mit Schokoflecken anhabe und Deirdre überall hingepinkelt hat, bin ich auf einen Kampf nicht vorbereitet. Das hier bestätigt alles, was Treasure je über mich gesagt hat. Ich bin wirklich eine Flodder.

Dann merke ich, dass ihre Augen und ihre Nase vom Weinen ganz rot sind und sie sich nicht mal die Wimpern getuscht hat. Heiliger Strohsack, die Lage scheint ernst zu sein.

»Du siehst schrecklich aus«, sage ich, und da es von mir kommt, war es als Witz gemeint, was sie aber wie immer überhaupt nicht schnallt.

»Bevor du loslegst, ich bin hier, um mich zu entschuldigen«, sagt sie und schnäuzt geräuschvoll massenweise Schnodder in ein Taschentuch.

»Weswegen?«

»Wegen der Sachen, die ich auf dem Klo gesagt habe. Damian findet, das war fies. Und ich schätze, er hat Recht.«

Hallo!? – Bin ich in einem Paralleluniversum gelandet? Treasure Cavendish steht bei mir zu Hause. Und bittet mich um Vergebung. Jetzt ernsthaft?

»Für welchen Teil entschuldigst du dich genau?«, sage ich und schaue sie scharf an.

»Na, du weißt schon«, sagt sie leise. »Den, dass deine Familie wie die Flodders sind und deine Mum alt und euer Haus, ähm, versifft.« Als sie den letzten Teil sagt, schaut sie sich in meiner Güllegrube von einem Zimmer um.

Ich pflücke ein bisschen von dem Schlamm ab, der auf meinem Gesicht trocknet. »Du solltest keine Sachen über die Familien von anderen Leuten sagen, wenn die dir nie was getan haben«, sage ich. »Ich ziehe über deine Familie ja auch nie her.« Ich hole tief Luft und mache weiter. »Aber in einer Sache hattest du zugegebenermaßen Recht. Ich wollte dir Damian ausspannen. Aber jetzt nicht mehr. Ehrenwort – und wer lügt, muss mit einer Gleitsichtbrille rumlaufen.«

Sie schnäuzt sich wieder und starrt entsetzt auf Deirdre, die diesen Augenblick für ihren Partytrick gewählt hat und ihre Kacke direkt vom Hintern frisst.

»Ich weiß. Du bist jetzt ganz dicke mit Sean, oder? Damian hat erzählt, dass er viel von dir spricht. Ich glaube, er ist verknallt in dich. Ähm, sollte die Wüstenrennmaus das tun?«

»Sie ist keine Wüstenrennmaus«, sage ich überheblich. »Sie ist ein Degu.«

Treasure setzt sich jetzt vorsichtig auf meinen Ikea-Bettbezug, der natürlich voller Hundehaare ist. Sie steht schnell wieder auf. »Mein Mantel hat hundert Pfund gekostet«, sagt sie.

Sie sieht so elend aus, dass sie mir fast ein bisschen leidtut. Aber nur ein bisschen. Lassen wir uns mal nicht zu allzu viel Sympathie hinreißen und vergessen wir nicht, wie gemein sie zu meiner Mum war.

»Hör mal, ich sollte mich wahrscheinlich auch entschuldigen«, sage ich widerwillig. »Ich habe auch ein paar üble Sachen zu dir gesagt. Das war nur, weil ich irgendwie ein wenig, na ja, du weißt schon, ähm, eifersüchtig war.«

»Oh, weiß ich doch«, sagt sie. »Und das ist ja auch nur verständlich. Ich habe diese ganzen tollen Klamotten und außerdem sehe ich normalerweise ziemlich umwerfend aus und jeder will mit mir zusammen sein.«

Hallo? Wie muss man eigentlich drauf sein, wenn man sich für sein schreckliches Verhalten entschuldigt und den anderen gleichzeitig daran erinnert, wie schön man ist?

»Und du hast so Scheißklamotten, und meine Mum sagt, ihr fahrt nie mal richtig ins Ausland in den Urlaub. Und du mit deinen dünnen Haaren und deiner üblen Akne tust mir echt leid, gerade weil ich mit einer so großartigen Haut gesegnet bin und mir Strähnchen leisten kann. Aber du bist ziemlich beliebt. Ich hätte gern jemanden, der mit mir befreundet ist, OBWOHL ich so aussehe, und nicht WEIL ich so aussehe.«

Da fällt einem echt nichts mehr ein. Dass ich mir das in meinem eigenen Zimmer anhören muss. Was jammert denn da so schrecklich? Oh, es ist Treasure. Sie redet wohl noch immer.

»Wenn einem alle erzählen, dass man schön ist, ist es nämlich so, Danni: Man fühlt sich genötigt, IMMER schön auszusehen. Das ist anstrengend. Manchmal mache ich mir eine ganze Woche lang einen Kopf, was ich auf der nächsten Party anziehen soll, weil ich weiß, alle erwarten von mir, dass ich umwerfend aussehe. Ich habe mir die Latte selbst sehr hoch gehängt. Ich weiß, dass du das nur schwer nachvollziehen kannst, aber glaub mir, Danni, wenn man gut aussieht, kann das auch ein Fluch sein. Du weißt gar nicht, was für ein Glück du hast.«

Oh, wie reizend. Nur mal kurz zusammengefasst: Treasure hat mir ein Kompliment gemacht und gleichzeitig drei brandneue Beleidigungen reingepackt. Und ich dachte, meine Haare wären eine meiner Stärken …

Treasure sagt, dass sie besser mal wieder geht, weil sie mit ihrer Mum und ihrem Dad im *Pod,* einem nagelneuen Restaurant, zu Mittag isst, wo auf jedem Tisch Computer stehen. War ja klar, dass sie aus unserer Klassenstufe dort als Erste hingehen würde. Ich frage, was jetzt aus ihr und Damian wird.

Sie sieht aus, als würde sie gleich wieder losplärren. »Er hat gesagt, dass er erst einmal Abstand braucht und mehr mit seinen Freunden machen will, aber wir sind immer noch Freunde.« Sie zeigt mir ihr nacktes Handgelenk. »Wir haben unsere Verbindungsarmbänder abgemacht«, sagt sie und schnäuzt sich wieder ausgiebig die Nase. »Er wollte, dass ich mich entschuldige. Das habe ich ja hiermit getan.«

Sie sieht so elend aus (und ziemlich hässlich! Hurra – Treasure ist hässlich, wenn sie weint!), also entschließe ich mich, dass es mir egal ist und ich nichts Blödes zurücksage.

»Hör mal, es war nett von dir, dass du vorbeigekommen bist«, sage ich, »und wahrscheinlich auch ganz schön mutig, immerhin hätte ich ja Deirdre auf dich hetzen können. Sollen wir versuchen, im nächsten Halbjahr netter zueinander zu sein?«

Was bin ich doch erwachsen. Was bin ich doch ~~fänomenal~~ ~~phenomenal~~ phänomenal nett, oder???

Ganz kurz glaube ich, dass sie mir einen Kuss geben will, aber sie hat sich nur zu mir gelehnt und schaut prüfend auf meinen Hals. Schließlich sagt sie: »Ich glaube, du reagierst allergisch auf die Gesichtsmaske.«

14 Uhr

Treasure ist weg und ich schaue in den Spiegel und betrachte die rote, fleckige, schuppige Horrorshow, die mein Gesicht ist. Mum sagt, ich hätte die Packung nur 20 Minuten drauf lassen dürfen, dabei waren es eher zwei Stunden. Ich sehe aus wie ein Ork aus *Der Herr der Ringe*, nur nicht ganz so attraktiv. Ich werde bald in einem gut besuchten Park sein – bei Tageslicht! – mit Sean, und das schon in einer Stunde.

Wisst ihr was, ich glaube, es macht ihm nichts aus.

Und wenn man's mal positiv betrachtet, habe ich vielleicht peinliche Eltern, die vor den Augen meiner Freunde rumknutschen und noch nie etwas von Verhütung gehört haben, obwohl sie schon betagte Rentner sind, ich habe eine Mutter, die uns nicht richtig ernährt, und die Handtücher im Bad riechen immer nach den Achseln meines Dads, aber wisst ihr was, ich würde meine Familie echt nicht tauschen (und die Vorstellung, dass ich bald dem Fleck begegnen werde, finde ich auch nicht mehr ganz so grässlich). Und Treasure Cavendish – das begehrteste Mädchen in unserer Klassenstufe – hat sich gerade bei MIR entschuldigt. Meine Mission ist erfüllt.

Als ich mich für das Treffen mit Amber und Sean und Neil und Mitzy fertig mache, habe ich zwar ein Gesicht wie der Belag einer Pizza Rustica, aber ich merke, dass ich vor mich hin summe. Ja, und um es in den Worten von Kylie Minogue zu sagen: I know I am lucky: lucky, lucky, lucky.

14.50 Uhr

Das Handy klingelt. Hör auf. Oh, es ist Dad. Er bringt Mum ins Krankenhaus, weil sie Wehen hat. Gott steh uns bei. Wird es so wie in dem Film über eine Geburt, den sie uns in Biologie gezeigt haben?

Die arme Frau hat geächzt und gestöhnt – ein Bauernhof mit seinen Geräuschen ist nichts dagegen – und hatte Brüste wie große Wasserbälle mit Adern.

»Eure Oma ist bei Phoebe und Rick ist irgendwo unterwegs«, sagt Dad ganz atemlos. »Ich rufe an, sobald es Neuigkeiten gibt.«

»Okay«, sage ich, und mein Magen fühlt sich ganz flatterig an. Der Fleck ist auf dem Weg.

»Eine Sache noch, Danni. Mum meint, da wir dir in letzter Zeit das Leben so schwer gemacht haben, darfst du deinem kleinen Bruder einen Namen aussuchen. Denk drüber nach.«

Oooh, Vater, mein Glück ist vollkommen. Wie werde ich mich nach dieser freudigen Überraschung, dass ich dem neuen Dench-Hosenscheißer einen Namen geben darf, je wieder einkriegen?

Aber wartet mal – hier schlummert einiges an Potenzial, um meine Eltern mal so richtig schön aufzuziehen. Ja, stellt euch das Gesicht meines Dads vor, wenn er seinen Kumpels mitteilen muss, dass sein jüngster Sohn Tarquin Jonquil Tristram Dench heißt.

Ich laufe grinsend durch das Tor zum Park und Simon trabt neben mir her …

Nein, ich weiß natürlich, wie ich meinen kleinen Babybruder nennen will. Ja, ja – es liegt auf der Hand.

… Damian …

Hahahaha. WAR NUR EIN SCHERZ. Damit hab ich euch jetzt wirklich dranbekommen, gebt es zu.

Aber es gibt einen Namen, der mir mehr und mehr gefällt.

Als ich Sean weiter hinten unter einem Baum warten und nervös auf seine Uhr schauen sehe, nehme ich mein Handy und wähle.

»Hallo?«, sagt Sean und geht ziemlich uncool gleich nach dem ersten Klingeln dran. Er hat seine beste Jacke an und Mitzy an der Leine. Ich hab wieder Schmetterlinge im Bauch. Er sieht … tja … schön aus.

»Ich bin mir nicht sicher, ob du damit einverstanden bist …«, sage ich, während ich auf ihn zugehe.

Er runzelt ein bisschen die Stirn und fragt sich wahrscheinlich, was jetzt kommt.

»… aber was hältst du davon, wenn ein Fleck nach dir benannt wird?«